最強出涸らし皇子の暗躍帝位争い10

無能を演じるSSランク皇子は皇位継承戦を影から支配する

タンバ

角川スニーカー文庫

23309

Contents
目次

口絵・本文イラスト：夕薙
デザイン：atd inc.

皇族紹介

† ヴィルヘルム・レークス・アードラー

第一皇子。三年前に27歳で亡くなった皇太子。存命中は理想の皇太子として帝国中の期待を一身に受けており、その人気と実力から帝位争い自体が発生しなかった傑物。ヴィルヘルムの死が帝位争いの引き金となった。

† リーゼロッテ・レークス・アードラー

第一皇女。25歳。

東部国境守備軍を束ねる帝国元帥。皇族最強の姫将軍として周辺諸国から恐れられる。帝位争いには関与せず、誰が皇帝になっても元帥として仕えると宣言している。

† エリク・レークス・アードラー

第二皇子。28歳。
外務大臣を務める次期皇帝最有力候補の皇子。
文官を支持基盤とする。冷徹でリアリスト。

皇帝

† ヨハネス・レークス・アードラー

† ザンドラ・レークス・アードラー

第二皇女。22歳。
禁術について研究している。魔導師を支持基盤とする。
性格は皇族の中でも最も残忍。

† ゴードン・レークス・アードラー

第三皇子。26歳。
将軍職につく武闘派皇子。
武官を支持基盤とする。単純で直情的。

† トラウゴット・レークス・アードラー

第四皇子。25歳。
ダサい眼鏡が特徴の太った皇子。
文才がないのに文豪を目指している趣味人。

† 先々代皇帝
グスタフ・レークス・アードラー

アルノルトの曾祖父にあたる、先々代皇帝。皇帝位を息子に譲ったあと、古代魔法の研究に没頭し、その果てに帝都を混乱に陥れた"乱帝"。

† アムスベルグ勇爵家

五百年ほど前に大陸を震撼《しんかん》させた魔王を討伐した勇者の血筋。帝国貴族の中で最も上位の存在であり、皇帝にしか膝を折らない。勇爵家の中でも才あるものだけが、伝説の聖剣・極光《アウローラ》を召喚できる。帝国を守護することを自らの役割とし、基本的に政治には参加していない。

† ルーペルト・レークス・アードラー

第十皇子。10歳。
まだ幼く、帝位争いには参加していない。性格は気弱。

† クリスタ・レークス・アードラー

第三皇女。12歳。
ほとんど感情を表に出さず、アルやレオといった特定の人間にしか懐かない。

アードラシア帝国の皇帝。十三人の子供たちに帝位を争わせ、勝ち抜いた皇子に皇帝位を譲ろうとしている。広大な帝国を統治し、隙あらば領土を拡大してきた名君。

† ヘンリック・レークス・アードラー

第九皇子。16歳。
アルノルトを見下しており、レオナルトにはライバル心を燃やしている。

† レオナルト・レークス・アードラー

第八皇子。18歳。

† アルノルト・レークス・アードラー

第七皇子。18歳。

† コンラート・レークス・アードラー

第六皇子。21歳。
ゴードンの同母弟。直情的なゴードンの弟にも拘らず、性格はアルノルトに似ている。

† カルロス・レークス・アードラー

第五皇子。23歳。
優秀と評されたことも、無能と評されたこともない平凡な皇子。しかし能力に反して夢見がちで英雄願望を持ち合わせている。

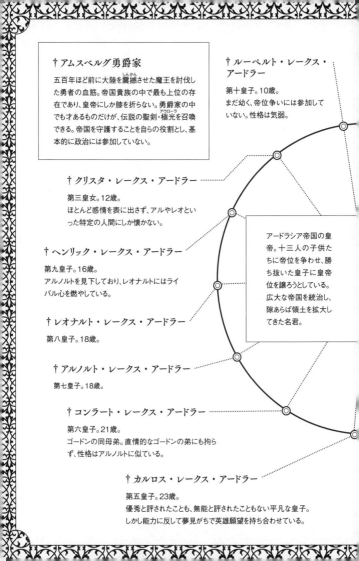

第一章　目覚める皇子

Episode 1

1

「はぁ……まったく。考えうる限り最悪の展開だ」

部屋の中でそう俺は愚痴る。

そんな俺に対して、フィーネがニコニコと笑う。

「そうでしょうか？　私は楽しみです」

「悪いことは言わないから、その楽しみは今すぐ捨てたほうがいい。〝奴《やつ》ら〟は君が思うような連中じゃない。大陸屈指の実力者であり、同時に大陸屈指の性格破綻者どもだ」

「ずいぶんな評価ですね。ちなみにその括《くく》りにあなたは入りますか？」

「俺はまともだ。あいつらと比べたら常識人だと思われる程度には、な」

「なるほど。それについては会ってから考えますね」

クスクスと笑いながらフィーネは答える。

困った人だと言わんばかりの態度に、俺は仮面の中で顔をしかめる。

くそっ、だから他の奴らと関わるのは嫌なんだ。同じ階級というだけで、同類のように扱われる。

非常に不愉快だ。

「いいかい？　フィーネ。同じSS級冒険者だからといって、俺をあいつらと同列に置かないでくれ。一緒にされるのは心外だ」

「大陸に五人しかいないSS級冒険者。多少、性格に難があるのは仕方ないのでは？　突出した方は普通の人からは変わり者に見えるものですから」

「俺はごくごく普通だ。普通人だ」

はいはいと言わんばかりの笑みをフィーネは浮かべて、俺の言葉を受け流す。

なぜだ……。

もう、何もかもギルド本部の馬鹿どものせいだ。

シルバーへの査問なんて馬鹿なことを言い出し、それをきっかけとしてSS級冒険者に介入しようだなんて愚かな考えを抱くから。

「奴らの手を借りる羽目になるなんて……」

つぶやきながら俺は転移門を開く。

査問対象である俺だけでは押し切られかねない。

SS級冒険者を集めて連れてくる。それが今の目的なのだ。

落ち込む俺の後ろには、終始笑顔のフィーネがいる。

その笑顔に元気をもらい、俺は転移門に歩き出したのだった。

■■■

深い闇の中。

いつまでも沈み続けていた俺の意識は、突然覚醒した。

「うっ……」

待っていたのは眩《まぶ》しい光と渇きだった。

ひどく喉が渇く。

目を薄《う》っすらと開けて、手で水を探す。

すると手に水が差しだされた。

それを勢いよく飲み干し、それからようやく俺は周りを確認した。

「おはようございます、アルノルト様。良いお目覚めですかな？」

「……セバスか……」

いつも通りな俺の執事は、ベッドの横で涼し気な表情で馬鹿なことを聞いてきた。

良い目覚めなわけないだろうに。

「どれぐらい寝ていた……？」

「一か月半といったところですな。周りにはザンドラ殿下の部屋を漁《あさ》ったときに呪いにかかったと説明しています。混乱が大きかったので疑念は抱かれていません」

「そうか……そんな寝ていたか……」

「積もり積もった疲労とも言えますからな」

セバスの言葉に俺は頷《うなず》く。

帝位争いに参加すると決めてから、魔力の消費の連続だった。回復が追い付かず、徹底的に使った結果がこれだ。いずれこうなるだろうとは思ったが、先延ばしにしたせいか長かったな。

「状況は？」

「では帝国内部の情勢から。撤退したゴードン殿下は帝国北部の三分の一を制圧し、そこを拠点として帝国北部全体を取りにかかりました。それに対して皇帝陛下はレオナルト様を総大将として軍を派遣、現在は睨《にら》みあいを続けております」

「睨みあい？　一気に制圧しなかったのか？」

「皇帝陛下は信用できる軍以外は使わないと決めておられるようです」

「なるほど……」

帝国軍の規模を考えれば、ゴードンの残存戦力くらいなら潰そうと思えば潰せる。しかし、誰がゴードンと通じているかわからない以上は使いづらいということか。

裏切られたらたまったもんじゃないってことだろうが……。

「信用できる軍がそこまで少ないとは思えないが？」

「はい。大半は西部国境に回されています。王国軍は本格的に侵攻を開始し、それを西部国境にて食い止めています。そちらには聖女レティシア様が向かい、白らの生存と王国には大義がないことを説いております。その護衛としてエルナ様も西部に」

「王国は日和見を決めると思ったが……ゴードンが反乱に失敗し、シルバーに脅されたにもかかわらず攻めてきたか。強気だな」

「はい、そこについては意外でした。その他の国境ですが、東部国境にはリーゼロッテ殿下がお戻りになり、北部国境は連合王国と藩国の猛攻により、一部国境を突破されました。これによりゴードン殿下は両国の支援を受けられています」

「北部国境が突破された？　奇襲を止めたのにか？」

藩国と連合王国の奇襲が成功していたのならば、北部国境が突破されても不思議ではない。しかし、奴らの動きは一度止めた。突破は困難なはずだが。

「当初は敵軍を撥《は》ね除《の》けていたのですが、ゴードン殿下の配下が北部国境の砦将《さいしょう》を刺し、そこで指揮系統が乱れたところを突破されたそうです」

「そうか……内側から崩されたか」

「はい。砦将はその後、無理をして指揮を取り、敵軍に多大な損害を与えましたが……その無理のせいで命を落としました」

「国境を任された責任か……」

「おかげで北部国境の守備ラインは一部を除き、いまだに保てています。藩国と連合王国の軍が雪崩《なだ》れ込んできていれば、陛下は全軍を投入しなければいけなかったでしょう」

「そして裏切りが発生し、疑心暗鬼が広がる。大した戦果だが、命を落としちゃしょうがない。今回の原因は皇族だ。砦将が死ぬことはなかった」

国境守備軍を任せられる将軍は少ない。得た戦果は大きいが、失った者を考えればメリットは薄い。

惜しい人を亡くしたな。

しかし、惜しんでばかりもいられない。

「状況は理解した。だが、終わりじゃないんだろ？」

「はい。冒険者ギルド本部が諸外国からの抗議を受けて、シルバーに対して査問会議をすることを決定しました。それに対して、帝国からはフィーネ様がギルド本部に大使として赴いています」

「シルバーを弁護するためか」

「表向きは」

「裏の目的は？」

「時間稼ぎです。あなたが目覚めなければシルバーは姿を現さない。姿を現さないということは、やましいことがあるのだと判断されかねません」

「良い判断だ。フィーネの考えか？」

「はい」

フィーネらしい気の利いた動きだ。

だが、そうなると、俺がするべきことは限定される。

「まずはシルバーの問題を片づけないとか」

「それがよろしいかと。北部の戦況はどちらも決め手に欠けます。しばらく膠着《こうちゃく》状態でしょう」

「二足のわらじは履けないからな。俺が起きたことは伏せて、シルバーとして行動するか。シルバーの正体に気づかれても困るからな」

「そうですな。帝都での一連の動きであなたに対する評価は上がっています。今ならシルバーと関連づける者もいるかもしれません」

「それなら誤魔化《ごまか》しは任せてもいいか？　一応、幻術は残していく」

「かしこまりました。それと、最後に報告が」

「まだあるのか……」

寝ていた俺が悪いとはいえ、報告が多すぎて嫌になる。

そんな風に思っていると、セバスがとんでもないことを告げた。

「ザンドラ殿下に対する刑が執行されました。ザンドラ殿下は帝毒酒を飲み、苦しむ姿は帝都の民に公開されました」

「なに……？」

「陛下はアルノルト様が起きるまで待つつもりだったのですが、帝都の民の不満が膨れ上がっていましたので……」

「今……何日目だ？　もう死んだのか？」

「今日が最終日です」

それはつまり、今日、この日。

ザンドラが死ぬということだった。

2

セバスの言葉を受けて、俺は周りを見回す。

部屋は明かりに満ちているが、カーテンは閉められている。

ベッドから立ち上がり、カーテンの向こうを見ようとするが、思ったよりも体の筋力が衰えているようでふらつく羽目になった。

「ちっ……」

「ご無理はいけません。魔法で体の維持はしていたとはいえ、筋力の衰えは完全には防ぎきれません」

「どうせ、元々大した体じゃない」

魔力で体を強化し、俺はカーテンを少し開く。

外はそろそろ日が落ちようとしていた。

今日が最終日だというなら、死ぬのは今日の晩だ。

「ザンドラは外か？」

「いえ、最初の三日間は見せしめとして晒《さら》されましたが、多くの嘆願が寄せられて、今は部屋に閉じ込められています」

「自分たちで見せしめを望んだのに、次は嘆願か……」

「帝毒酒は国の秘毒です。噂《うわさ》こそされていましたが、その苦しみようは常軌を逸しています。もがき苦しむ様を見て、憂さ晴らしを望んだ層も、想像を超える光景に心を折られたのでしょう」

「想像を超えているんじゃない。想像力が足りないんだ。帝国の皇族が皇帝に弓を引き、民の想像程度の仕打ちで済むわけがない。考えればわかるだろうに……」

帝毒酒の苦しみようは拷問を生業《なりわい》とする者ですら、眉を顰《ひそ》めるほどだ。

普通なら死んでいるような状態だが、絶対に死ねない。それが帝毒酒の根幹。七日間の地獄を与えられてからようやく死ぬことができる。

大陸最狂の毒であることは間違いない。

それを実の娘に使ったということは、父上はザンドラを決して許さないということだ。

心の内はわからないが。

「ザンドラの部屋には誰がいる？」

「陛下は看取《みと》ることを禁じられました。反逆者には孤独がふさわしいと」

「そうか……じゃあ少し行ってくる。俺の仮面はあるか？」

「シルバーとして赴くのですか？」

「父上なら……もしかしたら自分だけで看取るかもしれないからな」

「重臣たちの目があります。それはないかと」

「用心のためだ」

「かしこまりました」

セバスは一礼して俺の仮面を取り出す。

それを被《かぶ》り、服を着替えると俺は転移門を作り、ザンドラの部屋へ向かった。

■■■

部屋に転移すると真っ先に気づいたのは血の匂いだった。

ザンドラの部屋はあちこちに血の跡があった。すべてザンドラの血だろう。

これだけ血を吐き出しても死ねないというのは、不思議なものだ。

そして地獄の最中《さなか》にあるザンドラはベッドにいた。髪は乱れ、やせ細り、肌は土色。一見すると死体にしか見えない。

しかし、辛うじて生きてはいた。

「……シル……バー……？」

俺に気づいたザンドラはフッと笑う。

もはや痛みも感じないんだろう。死はもうザンドラのすぐ後ろまで来ている。

だからか、ザンドラの顔には意外なほどすっきりとした表情が浮かんでいた。

「笑いにきたのかしら……？　あなたの登場で最後の希望を断たれた私を」

「そういうわけではない。いくつか聞きたいことがある」

「そんなに時間はないわよ……私はもう死ぬわ……」

「そこは頑張ってほしいものだ。これには確実に答えてもらおう。魔奥公団《グリモワール》について知っていることを話せ」

魔奥公団。

その名を聞き、ザンドラは少し眉を動かした。

そしてザンドラは俺に向けて右手を向けた。その右手には魔力が宿っていた。

「そんなこと教えると思っていて……？」

「どうだろうな。だが、多くのことを知っているはずだ。禁術を求めるならば、あの組織に接触したほうが色々とメリットがある」

真っすぐにザンドラを見つめる。

するとザンドラの手が小さく光った。

禁術使いとして名を馳《は》せたザンドラの魔法とは思えない。初歩の初歩。小さな光弾がザンドラの手から放たれた。

それは俺の顔の横をゆっくりと通り過ぎ、俺の背後の壁に当たった。

そしてザンドラは疲れたように右手を下げる。

「知りたいなら……勝手に調べなさい……」

「隠し棚か」

後ろを見ると壁に穴が開いていた。ザンドラの魔力に反応して開く仕組みだったんだろう。

そこには一冊の手記が入っていた。

「母が……魔奥公団と繫《つな》がるようになったのは十年以上前よ……そしてそれから母は変わったわ……」

「どう変わったと？」

「母は第二妃に張り合い、私にはリーゼロッテに負けるなと教えてきたわ……けれど、そのうち皇帝を目指すように言ってきた……そして禁術でリーゼロッテたちを呪い、第二妃を殺すまでになったわ……」

「魔奥公団が変えたと？」

「知らないわ……ただ、私もそのうち母の言動を疑問に思わなくなった……どうしてかしらね……？　幼い頃、皇帝位なんて興味なかったのに……帝国を皇国に負けない魔法大国にしたくて、魔法のより良い利用法として禁術を研究していたはずなのに……そのうち人を呪うために禁術を研究するようになってた……」

ザンドラは自嘲的な笑みを浮かべた。

変化の結果、今のザンドラがある。

今回の帝位争いはおかしい。多くの者がそれを感じている。その変化は一気に訪れたモノじゃない。徐々に徐々に、皇族を侵食していたものだとしたら。

闇は俺が思うよりも根深い。

「そこには幹部と支部の場所も書かれているわ……せいぜい頑張って潰しなさい……」

「ありがたくいただこう」

「……どうしてこうなったのかしらね……」

「……あなたが利用されたにせよ……あなたがしたことは許されない。多くの者が死んだ」

「わかってるわ……私が一番、私がした愚かな行為をわかってる……私は血のつながった妹を……実験に使おうとしたのよ……おぞましいことこの上ないわ……その他にも多くの凶行に手を染めたわ……狂ってたのよ……」

ザンドラは自分の両手をみつめる。その手は微《かす》かに震えていた。

その姿は意外にも過去のザンドラのイメージに一致する。

性格は苛烈でお世辞にも優しくはなかったが、しかし、今ほど狂った性格ではなかったと記憶している。

転移門で去ろうとした俺の足が止まる。

ザンドラに同情の余地はない。たとえその人格が何者かによってゆがめられたとしても、帝国の民に与えた被害は消えない。罪は決して消えない。

だが、俺の脳裏にはかつての記憶が繰り返されて流れる。

まだ俺が五歳くらいの頃。父上の狩りに家族でついていったことがあった。

森の中で動物を見つけた俺は、それを追って迷子になった。そんな俺を見つけたのはザンドラだった。

悪態をつきながら、伸ばされた手の温かみがどうしても消えない。

「まだ何か質問が……あるのかしら……？」

「いくらでもある。だが……もう持つまい」

「そうね……一人寂しく死ぬとするわ……母を見捨てて、父も裏切ったのだから……当然……ね……」

ザンドラの声が少しずつ小さくなっていく。

思わず、俺はその手を握ってしまった。

「なんの……つもり……？」

「あなたは許されないし、許さない……けど、昔の借りだ。不満でしょうが、俺があなたの最期を看取ります」

そう言うと俺は仮面を外す。

ザンドラは俺の顔を見て驚いたように目を見開くが、やがて納得したように笑った。

「どうして……私じゃなくてレオナルトに肩入れするのか謎だったけど……納得したわ……」

「いやいや、レオがいなくてもあなたには肩入れしないですよ」

「生意気ね……まったく……初級魔法一つ撃てなかった子が……古代魔法の適性があるなんて

……誰も思わないわ……」

「でしょうね。俺もびっくりでしたよ」

「……でも甘さは変わらないわね……その甘さが命取りになるわ……私に同情なんてしなくていいのよ……」

そう言ってザンドラは俺の手を払う。

そしてその手がゆっくりと探るように俺の顔に迫る。きっともう目も見えないんだろう。手が俺の頬《ほお》に触れる。撫《な》でるように触るとザンドラがつぶやく。

「さすが……私の弟ね……」

「ザンドラ姉上……」

「……エリクに気をつけなさい……お父様を……お願いね……」

そう言い残すとザンドラの手から力が抜け、下へ落ちた。

目は半開きになり、体に残っていた微かな生気も消え去った。

俺の姉であるザンドラは今、死んだのだ。

歯をかみしめ、俺は拳を握る。

不自然さを出さないために、ザンドラの遺体には手をつけず、隠し扉だけを直して俺はその場を去った。

そして部屋に戻った俺は、ベッドに幻術を作り出す。

「すぐに発《た》たれますか？」

「時間が惜しい」

「……何かありましたかな？」

「何もないさ。ただ情報収集してきただけだ」

「その割には声が悲し気ですな」

「……」

俺はセバスの言葉に答えず、ザンドラの手記をセバスに渡した。

そして強い口調で告げた。

「魔奥公団を探れ。徹底的にだ」

「仰せのままに」

何も言わず、ただセバスは一礼する。

それを見て俺は深呼吸すると転移門を開く。

「では行ってくる」

「お気をつけて」

そして俺は転移門に入ったのだった。

3

冒険者ギルド本部は大陸東部の南側に存在する。

皇国の下側にある空白地帯。かつてモンスターが蠢《うごめ》くゴーストタウンがそこには存在した。

どの国も手を出そうとしないその場所を、冒険者ギルドは拠点とした。

当時の冒険者たちはモンスターを排除し、ゴーストタウンの中央に巨大な塔が建てられた。

それが冒険者ギルド本部〝バベル〟。

大陸全土の冒険者を統括する総本山。かつてはゴーストタウンだった塔の周りも、今では立派な冒険者の街へと生まれ変わっている。

どの国からも干渉を受けない中立地帯。

「といっても建前だがな」

夜。

ギルド本部〝バベル〟の街に転移した俺はそうつぶやく。

各国は冒険者ギルドに敵対こそせずとも、干渉はしてくる。すべての冒険者を統括する立場であるギルドとしては、国から睨《にら》まれるようなことはできればしたくない。だから大抵の場合、国の言うことは聞く。

今回もそのパターンだろう。

「特に今のギルド評議会は国の顔色を窺《うかが》うしな」

ギルド本部の上層部。

主要な役職で構成されているギルド評議会。これが冒険者ギルドの意思決定機関だ。

時代時代によって面子《メンツ》は違うが、今ほど国家に弱い評議会も珍しいだろう。

大抵は現場上がりの冒険者と、ギルドの職員上がりが半々くらいだが、今は大きく後者に傾いている。そのせいで現場との齟齬《そご》も多い。

シルバーへの査問がいい例だ。それをすることでどんな結果を生むのか、奴《やつ》らは理解していない。

とはいえ、全員が全員、そういう評議員というわけじゃない。

現在の評議員で唯一、現場上がりの冒険者。

ギルド本部の副ギルド長を務めるクライドは、シルバーへの査問の危険性をよく理解しているだろう。

だから俺は真っ先にクライドの屋敷へと向かった。

ギルド本部を囲むようにして出来上がった街の一等地。そこそこ大きな屋敷がある。

S級冒険者として名を馳せたクライドの自宅だ。

すでに日が落ちているのに、訪ねるのは非常識ではあるが、今は礼儀がどうこう言ってる場合じゃない。

用心のために結界で自分を覆い、屋敷の者にはバレないように侵入する。

そして屋敷の奥。クライドの部屋へと入った。

疲れたように椅子に座っていたクライドは、傍《そば》にあった紅茶を一口飲んだあとにつぶやく。

「意外に遅かったな？　もっと早く来ると思っていたぞ」

「気づいたか」

「これでも元S級なんでな。気配くらいは読める」

そう言って椅子に座っていたクライドが立ち上がり、俺のほうを振り返った。

気づかれた以上、結界を張っていても仕方ない。

俺はシルバーとしての姿を見せた。

「久々だな。シルバー。元気そうでなによりだ」

「そこまで元気でもない。魔力を回復させている最中なのでな」

「短期間に色々とあったからな。しかし、お前もそろそろ黙って休養がまずいと思ったか」

「今の評議会では、な」

「申し訳ないな。俺一人じゃ止めきれない。意見が割れれば多数決に持ち込まれるからな」

クライドは苦笑しつつ、俺に席を勧める。

それに従い、俺は向かい合わせのソファーに腰掛ける。すると、俺の目の前にクライドも腰掛けた。

「一応、聞くだけ聞こう。俺の査問理由はなんだ？」

「戦争への介入。これが一番だ。ＳＳ級冒険者が戦争に介入してもいいなんて話になると、大問題だからな」

「俺は竜に対処しただけだ。聖竜は連合王国の〝防衛戦力〟として容認されていた。それを他国に引っ張り出してきたんだ。その時点であれはモンスターだ」

「言いたいことはわかる。まぁしかし、それはあくまで口実にすぎん。この査問で評議会はお前に色々と制限をかけたいのさ」

「ようは評議会の犬にしたいと？」

「そうだ。評議会の意向で動くSS級冒険者。それが欲しくてたまらないのさ。次世代の台頭に期待していたが、それが見込めないから今度は今いるSS級冒険者に首輪をかけようって話だな。恐ろしい話だ。そう思わないか？」

「恐ろしいと感じているのがお前だけというのが恐ろしいな」

SS級冒険者は大陸に五人しかいない、冒険者の最高峰。その実力はS級とは比べ物にならない。冒険者ギルドが大陸全土に影響力を発揮し、すべての国が一目置くのはSS級冒険者という超戦力がいるからといっても過言ではない。

その超戦力に首輪をかけたいと思う気持ちはわかるが、首輪をかけようとしたら腕を嚙《か》まれる可能性を考慮しないのは浅はかというものだろう。

「SS級冒険者はどいつもこいつも一癖も二癖もある問題児ばかりだ。実力だけはあるのが余計性質《たち》が悪い。ギルドに所属してはいるが、それは気ままに振る舞うためだ。SS級冒険者のような実力者が国にもギルドにも所属せずに力を振るっていたら、大陸中からマークされるからな」

「概《おおむ》ね同意だが、俺を他の連中と一緒にするな」

「瞬間移動する仮面怪人が何言ってんだ？　多少、他の連中よりも依頼に前向きなだけで、お前も大して変わらんよ」

「俺は周囲に気を配る。他の連中とは違う」

「そう言い張るなら構わんが、その主張は無意味だと思うぞ？　世間一般の評価としてＳＳ級冒険者は全員揃《そろ》いも揃って異常者という認定だしな」

「これが終わったら好意的な噂《うわさ》を流してもらわないとだな」

そう言うと俺は話は終わりとばかりに立ち上がる。

そして。

「部屋を借りるぞ」

「構わんが、帝国の大使へのあいさつはいいのか？」

「彼女は帝国が派遣した正式な大使だ。夜中に会いに行く無礼はできない」

「俺はいいのか？」

「いいと思っているから来た。そもそも、こんな夜更けに女性の部屋に転移する趣味はない。それに護衛は帝国ご自慢の近衛《このえ》騎士隊長だぞ？　夜にいきなり転移すれば戦闘になる。そうなれば街が火の海だ」

「お前は転移以外で訪ねるという発想がないのか……？」

「人間、便利な方法があるとそれに頼るようになるものだ。お前も転移魔法を覚えてみたらわかる」

「簡単そうに言うな」

クライドは呆《あき》れたようにため息を吐《つ》き、早く行けとばかりに手を振る。

それを見て俺は苦笑しつつ、部屋を後にしたのだった。

4

夜が明けると俺はすぐにクライドの屋敷を出た。

すでに昨日のうちにフィーネが滞在している場所は聞いている。

バベルの街には観光客も多く来るが、それ以上にギルド本部に直接依頼を持ってくる大物が多い。そういう大物向けの高級宿がいくつかあり、その一つにフィーネは滞在している。

護衛につくのは近衛騎士団第十一騎士隊。

帝国内部が割れている状況で、フィーネの護衛に近衛騎士隊長まで派遣するのはやりすぎと言えなくもないが、それだけ父上がこの一件を重んじているということでもある。

シルバーが査問にかけられるのは帝国に加担したから。そこに対する負い目と、シルバーという抑止力が帝国からいなくなるのを避けたいという思惑もあるはずだ。

そのうえで最も適任と思われる近衛騎士隊長が護衛に選ばれた。

宿に転移し、俺は最奥の部屋へと進む。

しかし、すぐに俺は数人の男たちに囲まれた。その手には剣が握られている。

「さすが帝国近衛騎士団というべきか。外交任務を主任務とする第十一騎士隊でも、それなりの対応をしてくるものだ」

彼らは一般人のような恰好《かっこう》をしているが、全員近衛騎士だった。

身分を示す白いマントや鎧《よろい》をつけていないのは、ここが冒険者の総本山だからだろう。国家の介入を嫌う風潮がここにはある。刺激しないために一般人のフリをして、溶け込むあたり、器用な部隊といえる。

第十一騎士隊は近衛騎士団の中でも例外的な部隊だ。

少し前までは皇帝の目となり耳となり、帝国中を飛び回るのが近衛騎士隊の役割だったが、第十一騎士隊は帝国内ではなく、帝国外での任務を主とする部隊だった。

皇帝の密使として諸外国の王に会ったり、外交使節の護衛を務めたり、各国の情報収集をしたりと様々な任務を行っていた。その任務の特性上、この騎士隊に入る者は単純な実力よりも、礼儀作法や柔軟性が重視される。

だから近衛騎士団で最弱の部隊は？　という話題になると必ず名前が挙がる部隊だ。

しかし、だからといって練度で他の部隊に劣るというわけではない。

「普通なら嫌味《いやみ》なんだろうけど、ＳＳ級冒険者にそう言われると悪い気分じゃないかな」

そう言って現れたのは小柄な女性だった。

明るめの栗《くり》色の髪は肩口で切りそろえられ、水色の瞳は興味深そうに俺を見つめている。

男たちと同様に一般人に扮《ふん》してはいるが、彼らよりもさらに自然だ。

街を歩いていて、彼女を近衛騎士と見破れる者はそうはいないだろう。

名はイネス・ラウク。年はたしか十八歳。

第十一騎士隊隊長だ。

近衛騎士団の隊長の中では新参だが、その能力と性格によって父上の信頼を勝ち取っている。

今回の目的は交渉。

武人肌な人間が多い近衛騎士の中で、珍しく穏やかな性格の彼女はまさしく適任だ。

「そう思うなら部下を退けてほしいものだな。イネス隊長」

「まぁまぁ。そこで待ってて。今、フィーネ様に確認を取るから」

愛嬌《あいきょう》のある笑みを浮かべながら、イネスはのんびりと告げる。

ＳＳ級冒険者を相手にこの態度、さすがは近衛騎士隊長というべきか。

肝が据わってる。

部屋に入ったイネスはすぐに出てきた。

そして部下たちに剣を下ろさせた。

「許可が出たよ。どうぞ、部屋の中へ」

「やれやれ。帝国の大使となると会うのも一苦労だな」

「あなたならフィーネ様の部屋に直接転移できたんじゃない？」

「俺は常識人なんでな」

「常識人なら入口から入ってくると思うけどね」

入口から入ってきたなら、もっと穏やかに対応できたのに。

イネスはそう言って俺の転移を問題視した。

言われてみれば確かにその通りだが、転移ができるのにわざわざ入口から入るのは面倒だ。

そもそも。

「俺がここにいることは知られたくないのでな」

「幻術でも使えば？」

「……」

「案外、面倒臭がり屋なんだねー」

ケラケラと笑いながら、イネスは部屋の扉を開ける。

本人はそこで待機したままだ。

「フィーネ様は二人で話がしたいって言ってるよ」

「なるほど。いいのか？」

「あなたの少しばかりの常識を信じるよ」

言い方に不満はあるが、今はそこに拘《こだわ》っている場合じゃない。

さっさと中に入ると結界を張る。

そして部屋の中央にいたフィーネに声をかけた。

「久しぶりというべきかな？　ずいぶんと迷惑をかけたみたいだな」

「いいえ、この程度どうということはありません。おはようございます、アル様。無事にお目覚めになり、安心しました」

そう言っていつもどおり、にっこりと笑ってフィーネは一礼する。

そんなフィーネに苦笑しつつ、俺は椅子に座る。

フィーネは慣れた手つきで紅茶を用意しようとするが、俺はそれを手で制した。

「紅茶はいい。飲めないからな」

「外されないのですか？」

「用心に越したことはない。奴《やつ》らがギルド本部にいるという話は聞いてないが、勝手気ままな奴らだからな。いつ、どこで遭遇するかわかったもんじゃない」

「奴らというのは……？」

「他のＳＳ級冒険者だ。いくら俺の結界でも奴らが相手じゃ大して効果は期待できない」

今張っているのは侵入防止と音漏れ防止の効果がある結界だが、奴らなら一瞬で破壊できる。

俺が仮面を被《かぶ》る時間はないだろう。

「そこまでですか？」

「そこまでだ。だから俺にはシルバーとして接してくれ」

「わかりました。ではシルバー様、いくつか現状の説明をしますね」

「頼む」

そう言ってフィーネは現状の説明をし始めた。

簡単にまとめれば、評議会の中で味方はクライドのみ。他の評議員はフィーネの顔を立てて、会うことは会うが聞く耳は持たないそうだ。

「予想通りだな」

「お力になれず、申し訳ありません……」

「君のせいじゃない。謝らないでくれ。君は十分やってくれた。ここまで査問が引き延ばされているのも、君が動いていたからだ」

「ですが、根本的な解決にはなっていません」

「そこは俺の仕事だ。安心しろ、策はある」

「まさか……冒険者をやめるなんて言いませんよね？」

恐る恐るといった様子でフィーネが訊《たず》ねてくる。

俺の正体を知るフィーネからすれば、その手はありえると思えるんだろう。

しかし、SS級冒険者はよほどの理由がないかぎり、冒険者をやめられない。

強すぎるからだ。

「それはない。というか無理だ。国家を揺るがすレベルの実力者。それがSS級冒険者だ。冒険者をやめれば、各国がこぞって引き抜きにかかるだろうが、俺を含めてSS級冒険者の中に国家に忠誠を誓うような奴はいない。そうなると国家からすれば危険すぎる個人でしかなくなる。どの国も放っておかないさ。自分たちの身の安全のためにな。冒険者ギルドに圧力をかけて、モンスター認定するに決まってる。実際、ドラゴンより危険だしな」

勝手気ままに動けるのはSS級冒険者という肩書があるからだ。

それがあるから、誰もがその力はモンスターに向けられると安心できる。しかし、それがなくなれば疑心が生まれる。

いつかこちらに力を向けてくるのでは？　と。そうなったらおしまいだ。

SS級冒険者同士の戦いが始まる。結果はどうあれ、大陸を揺るがすことは間違いない。

そんなバカげたことの引き金を引くわけにはいかない。

「強すぎるがゆえにということですか……」

「SS級冒険者というのは、大陸中の強者の受け皿でもあるんだ。この身分が強者の自由を保障し、その強者の力が冒険者ギルドを支えてきた。しかし、今の評議会は自由すぎる強者に辟易《へきえき》している。だから首輪をつけようとしているわけだ」

「評議会が強気に出ているのは、冒険者をやめるわけがないと踏んでいるから……そういうことですね？」

「ああ。冒険者である以上、評議会の影響力はどうしても受けてしまう。この問題、俺一人で対処するには骨が折れる」

「なるほど。一人ではなく、五人ならということですか」

「そういうことだ。気は進まないが、奴らに助力を求めるとしよう。奴らだって他人事《ひとごと》ではないからな」

評議会は確かにギルドのトップだが、それと同等の影響力をSS級冒険者は保持している。

評議会の会議にも参加できるし、投票権も持っているのだ。

俺だけならまだしも、他のSS級冒険者まで敵に回そうとする評議員は少ないはずだ。

俺が目をつけられているのは、感情的には動かないと思われているから。他の奴らは違う。

平気で冒険者をやめると言い出しかねん奴らばかりだ。

奴らを引っ張り出せば、流れは変わる。

問題があるとすれば。

「奴らを探すのは苦労するんだよなぁ……」

冒険者ギルドでも居場所を把握できてない者もいる。

それを短期間で探しださなければいけない。

これはこれで無理難題だ。

「心当たりはあるのですか？」

「まぁ一応、な」

そう言って俺はため息を吐《つ》く。

探すのはいいんだが、会うのが億劫《おっくう》だ。

奴らと一緒にいると疲れるし。

5

そして冒頭に戻る。

フィーネとの会話を終えた俺は転移門を作り出し、早々に出発の準備を整えた。

「シルバー様。まずは誰から会いにいくのですか？」

「確実に居場所がわかってるのは一人だけだ。また迷子になる前に御老公を最初に当たる」

「〝迷子の剣聖〟が最初ですか。残るは〝両極の拳仙〟〝放浪の弓神〟……そしてシルバー様と同様に多くの謎に包まれた〝空滅の魔剣士〟。全員、噂《うわさ》だけが一人歩きしている状態ですが、話は通じますか？」

「話が通じそうなのはエゴール翁《おう》くらいだ。あの人が厄介なのは極度の迷子癖だが、今は一つの場所に留《とど》まってるからな。その点じゃ楽だ」

そうじゃなければ数十年単位で迷子になる人だから、一番見つけるのが難しく、そのため話を聞いてもらうのが一番難しい人となる。

「他のお三方は？」

「会ってみなきゃわからない。協力が取り付けられないとは思わないが……大きな借りを作ることになるだろうな。とくに弓神とは最近、敵対したばかりだ」

奴らが無条件で俺に協力するとも思えんし。

探すのも大変だが、説得も大変だ。

どいつもこいつも人の話を聞かないしな。

「はぁ……」

「頑張ってください！　私もここでできることをやります！」

「そう言ってもらえると少しはやる気が出るよ。じゃあ行ってくる」

「はい。行ってらっしゃいませ」

そう言ってフィーネは頭を下げた。

そんなフィーネに見送られ、俺は転移したのだった。

■■■

俺が転移したのは帝国内にある自治領・ドワーフの里。

エゴールはそこでソニアたちを守っているはずだ。

ソニアを利用したゴードンはいまだ健在。少なくともゴードンが完全に無力化されるまでは、傍《そば》を離れるとは思えない。

俺を使ってまで助けたくらいだしな。

エゴールは珍しくソニアを気に入っている。

そんなことを思いながら、俺はドワーフの里を歩く。

ソニアたちが暮らす小屋の傍に来たが、そこに人の気配はない。代わりに里の中心で大きな音が聞こえてきていた。

「祭りか？」

どう見てもどんちゃん騒ぎをしている。

ドワーフは大酒飲みで祭り好きだからな。何かあればすぐに酒を飲み、祭りを行う。きっとそれだろうな。

そう判断して歩いていると、中心に近づけば近づくほど酒を抱えて寝ているドワーフがちらほらと増え始めた。

地面で寝るもんじゃないと起こそうか迷ったが、気持ちよさそうに寝ているし、そもそも一人、二人の話じゃないので諦めて先に進む。

すると馬鹿笑いが聞こえてきた。

巨大な焚火《たきび》を囲み、ドワーフたちが酒を飲んでいた。この様子だと昨日の夜からずっと騒いでるな。

その中で一際うるさいのはガタイのいいドワーフの男たちの集団。

その中心にいるのは小柄なドワーフの老人。

「ほれほれ！　見えまい！　この剣聖の手さばきを見るがよい！」

「わっはっは‼　いいぞ！　もっとやれ！」

「すげー！　本当に速すぎて見えねー‼」

「……」

エゴールはドワーフたちの中心で一芸を披露していた。

それは素っ裸になり、二つの桶《おけ》を使い、高速で股間を隠すというものだったが、さすがは剣聖というべきか、恐ろしい速さで交互に桶を入れ替えるので確かに見えない。

大陸中の剣士たちがこの光景を見たら絶句するだろうが、それを見て、周りのドワーフたちは腹を抱えて笑っている。

この様子じゃ披露するのは今日が初めてじゃないな。

だから嫌なんだ、ＳＳ級冒険者は。

「はぁ……」

ため息を吐き、俺は天を仰ぐ。

何が悲しくてあの老人に協力を仰がなければいけないんだろうか。

視線を戻すと、おふざけはグレードアップしていた。ドワーフたちはつまみの木の実らしきモノをエゴールの股間目掛けて投げる遊びを始めた。

「行け！　突破しろ！」

「うぉぉぉぉ!!」

「甘いわ！　わしの防御を突破できると思うでない！」

そう言ってエゴールは桶で防御する。

それを見て、ドワーフたちは残念そうに叫び、若い者が挑戦者として名乗りをあげる。

さて、どうするべきか。

正直、あの集団に声を掛けたくない。

そんな風に思っていると、ドワーフの女性陣がお盆を持って現れた。

「はいはい！　ご飯だよ！　服着な！」

「なに!?　もうそんな時間か！　結局、わしの防御は突破されずじまいか……」

ちょっと残念そうにエゴールがつぶやく。

突破されたかったのか……。

よくわからん人だ。

呆《あき》れてその場に立ち尽くしていると、ドワーフの女性陣に交じってご飯を運んできたソニアがやってきた。そしてソニアはすぐに俺に気づいた。

「嘘《うそ》……？　どうしてあなたが⁉　何かあったの⁉」

「んん？」

ソニアの声を聞き、ようやく馬鹿騒ぎをしていたドワーフたちが俺のほうを見た。

全員、酒が入っているせいか、顔が真っ赤だ。

「誰だ？　あの陰気そうな奴《やつ》は？」

「陛下、知らないんですか？　あれですよ、あれ。帝都で話題の……ゴールドです！」

「シルバーだ」

疲れて強く何かを言う気にもなれない。

とりあえず訂正すると、陛下と呼ばれたドワーフの男は何度か頷《うなず》き、豪快に笑う。

「おお！　そうか！　そうか！　エゴール翁の同類か！　良いところに来た！　酒を飲んでいけ！　幸い、東部国境のお姫様と公爵から酒は大量に贈られてきたからな！　好きなだけ飲んでいけ‼」

「そう言ってもう何日も飲み明かしてるじゃないですか……そろそろ休んでください」

呆れた様子でソニアはドワーフの王に告げる。

ずいぶんとドワーフたちに馴染《なじ》んだものだ。

そんな風に思っていると、エゴールが俺の前にやってきた。

いまだに服は着ていない。

「良いところにきた！　シルバー！　わしの防御を見てみよ！」

そう言ってエゴールは高速で桶を入れ替える。

すごいのはすごいんだが、だからどうしたという気分になる。

「……それで？」

「里の若い者では相手にならん！　お主がやってみよ！」

「おお！　ＳＳ級冒険者同士の戦いか！　いいぞ！　やれ！」

ドワーフの王は乗り気なようで、他のドワーフも歓声をあげた。

そして俺の手に木の実が渡される。

思わずソニアを見るが、ソニアは苦笑しながら答える。

「やらないと終わらないと思うよ」

「そうか……」

「どこからでもかかってくるのじゃ!!」

意気込むエゴールはさらに高速で桶を動かす。

俺は一度ため息を吐くと、一気に体を強化して木の実を投げつけた。

タイミングなんて関係ない。

木の実は桶に当たったが、桶を貫通してエゴールの股間に直撃した。

「ぐぉぉぉぉぉ⁉⁉」

「うぉぉぉぉぉぉ‼」

「すげー！　やりやがった！」

「さすがＳＳ級冒険者だ！」

「……はぁ」

ここに来てから何回目のため息だろうか。

エゴールは股間を押さえてうずくまりながらつぶやく。

「ろ、老人を労《いたわ》ろうとは思わんのか……」

「俺の認識では桶で遊ぶような人物は老人とは言わん。とりあえず話がある」

「ちょっと待つのじゃ……油断していたから痛くて痛くて……」

油断してなかったら痛くないのか……。

そんなことを思いつつ、俺は再度ため息を吐いたのだった。

6

「それで？　何しに来たんじゃ？」

股間のダメージから復活したエゴールは、小屋の中でソニアが淹《い》れたお茶をすする。

傍には酒があり、お茶を飲んだあとにその酒へ手を伸ばすが、ソニアが先回りして酒を没収した。

「駄目だよ。お爺《じい》さん。何日も飲み明かしたでしょ？」

「あぁ……わしの楽しみが……」

しょぼーんといった感じでエゴールは肩を落とす。

しばらく暮らしているうちに力関係が決定してしまったらしい。

いじけた様子でエゴールはお茶を揺らし、茶葉を見つめ続けている。

「簡単に説明すると、SS級冒険者を集める必要ができた。協力してほしい」

「そういえば査問がどうとかという話が出ておったのぉ」

「今の評議会はどうにかしてSS級冒険者を自分たちの下に置きたいようだ」

「愚かじゃなぁ。別に協力するのは構わんが、タダでというのはなぁ。わしも忙しいし」

忙しい？

その言葉を聞いて、俺は酒を没収したソニアを見る。

ソニアは呆れた様子で首を振っていた。

「お酒飲んで、みんなで騒いでるだけだよ」

「それは忙しそうだな」

「そうじゃろそうじゃろ」

機嫌良さそうに笑うエゴールを見て、俺とソニアは同時にため息を吐《つ》いた。

まったく。姉上と公爵にも困ったもんだ。

ドワーフたちに酒を大量に渡したらどうなるかなんて子供でもわかる。

「それで？　何をすればいい？」

「その前に聞いておきたいんじゃが、わし以外の居場所を知っておるのか？」

「いそうな場所はいくつか考えてある。そこを潰していくさ」

「なるほど。じゃが、それでは手間じゃろ。わしが教えてやろう」

「……知っているのか？」

「一人は確実、残りの二人は半々じゃな」

「十分だ。聞かせてくれ」

「確実なのは〝放浪の弓神〟じゃな」

「放浪してないんだね……」

ソニアの突っ込みに俺は肩を落とす。

SS級冒険者の二つ名は冒険者ギルドがつける。

二つ名があったほうが箔《はく》がつくというのと、大陸中のギルド支部に特徴を伝えやすいからだ。

能力の特性にせよ、性格的なものにせよ、二つ名にはそいつに関わるものが含まれる。

だから放浪の弓神なら、放浪しているはずなのだ。

「何か理由があるんだろう」

「そうじゃ。奴は今、王国北部の小さな都市におる。酒の美味《うま》い都市じゃ」

「なるほど。バイユーか」

エゴールは何度も頷く。

バイユーは王国が誇る名酒の産地。酒飲みにとっては天国だ。

そこに奴がいるか。前回敵対したときは王国側からの依頼を受けていた。まだ王国に留《とど》まっていたとは。

珍しいことだ。

「冒険者最高の弓使い〝ジャック〟はそこで心を癒《いや》しておる。ついでじゃからわしに酒を買ってきてくれ。高いのを頼む」

「その程度で済むなら構わないが……ジャックに何かあったのか？」

〝放浪の弓神〟の二つ名を持つジャックは、気が向くと大陸中を放浪し始める冒険者だ。迷子であちこちを旅するエゴールとは少し違う。拠点となる場所に戻ってこられるからだ。

本人は捜しモノがあると言っていたが、それが何かは誰も知らない。

近年は大陸西部を中心に動いており、王国内の問題は基本的にジャックの管轄だった。金さえもらえば大抵の依頼は引き受けるため、前回は俺と敵対することになった。まぁ、向こうも依頼だったわけだし、こっちが大人になって水に流すべきだろう。

とはいえ。いつも気楽な酒飲みのジャックが心を癒すとは、何があったのやら。

「ジャックも気の毒な男じゃ……」

「誰かを亡くしたの？」

「そうとも言えるな」

ソニアの言葉にエゴールは目を伏せる。

そしてお茶を飲むと、ポツリと告げた。

「大陸中に作っている愛人のうち、十人ほどに振られたそうじゃ……」

「最低……。ＳＳ級冒険者って……」

「こっちを見るな。俺を一緒くたにするな」

エゴールが深刻そうな雰囲気を出すから何事かと思ったら、ただ振られただけか。

しかもまだ愛人はいるかのような言い方だ。全員に刺されればいい。

「というわけで、ジャックは酒に逃避しておる。探すのは楽じゃろうて。女と酒に大金をつぎ込む奴を探せばいずれ見つかる」

「ろくでなしだね……」

「昔は立派な青年じゃった。二十代前半でＳＳ級冒険者になったが、その直後に妻と娘に逃げられておる。それから女と酒に溺れるようになった。皮肉なもので、技の冴《さ》えは若い頃よりも女と酒に溺れた後のほうが何倍も上がっておる」

「性格や素行と技は別ってことだね」

ソニアの言葉に俺は頷く。

品行方正なＳＳ級冒険者は存在しない。強い奴はどこか普通の奴とは違う。エルナがいい例だ。

むしろ性格に難があったほうが強い説まである。

「まぁ確かに初めて会ったときも酒を飲んでいたからな。素人が見ればただの飲んだくれ中年だ」

「でも強いんでしょ？」

「強いな。初対面のときは何もなかったが、二度目に会ったときは俺の古代魔法を相殺して、獲物を横取りされたからな」

こっちも本気じゃなかったにせよ、あれは屈辱だった。

しかも依頼の横やりはマナー違反だ。

俺が大人の対応しなきゃ、あそこで戦争だっただろうな。

「SS級冒険者なのに獲物の横取り？」

「あやつは金を稼いでは使い、なくなっては稼ぐ男じゃからな。すぐに金が欲しかったんじゃろうて」

「なんだかお爺さんの話を聞いていると、仲良さそうだけど？」

「なぁに、互いに迷子じゃからな。よく会うんじゃよ」

「あなたは迷子だが、ジャックは迷子ではないと思うが？」

「迷子じゃよ。人生のな」

「本人は否定しそうだな」

道に迷うエゴールと人生に迷うジャック。

変なところで気が合うのかもしれないな。

そんなことを思いつつ、俺はその場を立った。

「では、訪ねてくるとしよう」

「他の二人については聞かんのか？」

「戻ったら聞く。どうせ王国からギルド本部に行くなら転移の中継点が必要だからな」

「そうか。じゃあお土産を楽しみにしておるぞー」

「気をつけてね。喧嘩《けんか》にならないように」

「安心しろ。俺は大人だ」

そう言って俺は転移門を開いて、王国領内の都市・バイユーに向かったのだった。

7

王国北部の小さな街、バイユー。

美酒の街として知られ、その美酒を求めて大陸中から大勢の人が集まってくる。

その観光客をターゲットとして、遊女を派遣するサービスも盛んで、酒飲みたちはそれも一つの目的としてやってくる。

そんなバイユーに転移した俺は、幻術を使って自分の姿を一般人に溶け込ませる。

帝国と王国は戦争中であり、俺は帝国に肩入れしているＳＳ級冒険者だ。どれだけ言い訳したところで、その事実と認識は変わらない。

そんなシルバーが王国の街にいきなり現れたら大混乱は必至だ。

「中の人のほうが大問題だけどな」

なにせ帝国の皇子だからな。

正体がバレれば即座に軍が出てくるだろう。

難儀なものだ。

そんなことを思いつつ、店で酒を売っている中年の男性に声をかける。

「失礼、この街で一番高い酒はどこに売ってるかな？」

「高い酒？　美味い酒ならうちが一番だぜ？」

「友人からの頼みで、高い酒を頼むと言われてね」

「酒のことがわかってない友人だな」

「同感だ。しかし、頼みは頼みなのでね」

「そうかい。高いっていうならバルデュールの店だろうな。味もまぁ、うちに次ぐ。大通りを真っすぐいけば見えてくるはずだ」

中年の男性は顔をしかめながらそう答えた。

内心、味のほうも認めているんだろうな。

苦笑しながら俺は金貨を一枚置くと、酒瓶を一本手に取る。

「ありがとう。一本貰《もら》うよ」

「おいおい、金貨なんて貰いすぎだ」

「情報料さ。それと、自分の酒を売りつけることもできたのにそうしなかった誠実さに。この酒は自分で飲むことにするよ」

「お、おお。そりゃあ、うちは誠実な商売を親父《おやじ》の代から心がけているからな！」

そう言って男性は照れくさそうに頭をかく。

そんな男性に見送られながら、俺は大通りを歩いていく。

すると大きな店が見えてきた。看板にはバルデュールと書かれている。

「ここか」

俺は店に入り、店主を探す。

すると奥でどっしりと構えた禿《は》げ頭の大男を見つけた。

「失礼。あなたが店主で間違いないかな？」

「ああ、そうだ。俺が店主のバルデュールだ」

「友人に高い酒を買ってきてくれと頼まれてね。ここは高いが味も申し分ないという評判を聞いてやってきた。上等な酒を一本貰えるかな？」

「ふっ、俺の酒はたしかに他の店よりは高いが、味を考えれば高いとは言わせないぜ」

「なるほど。それは楽しみだ」

バルデュールは意気揚々と酒を選び始める。

このバイユーで酒を売っている奴《やつ》らは、基本的に自分で酒を造っている。

当然、酒に対するプライドも高い。近場にはライバル店が数多く、そこを生き残ってる自負があるからだ。

「これなんてどうだい？」

「いくらするのかな？」

「金貨一枚ってところだな」

「なかなかいい値段だな。さすがは名店といったところか」

「その分、期待できるぜ」

「そうだな。この店の酒なら安い買い物かもしれない」

俺は金貨を一枚出して、酒を受け取る。

バルデュールは酒も売れたし、褒められてご満悦な様子だ。

そんなバルデュールに問いかける。

「しかし、景気はどうなんだい？　帝国と戦争になって売り上げが落ちてるんじゃないか？」

「まぁな。けどな、今は上客がいるから平気さ」

かかったな。

ジャックの性格的に酒は高い物を好む。絶対に何本かはこの店で買ってると思った。

「上客？」

「ああ。どこぞの富豪だか知らないが、数か月前からこの街の宿屋を貸し切って豪遊してる奴がいるんだ。そいつはうちの店で何本も買い込んで、遊女たちを呼んでお祭り騒ぎさ」

「おめでたい奴もいたもんだ」

「こっちには大助かりだ。さすがに金を使って酒を集めるだけあって、話してみると酒の味もわかるみたいだしな」

「そんな人なら一目見てみたいな。どこの宿を貸し切ってるんだ？」

「このまま大通りを真っすぐ進めばわかるさ。この街で一番大きな宿だからな」

「なるほど。じゃあちょっと見てみるよ」

そう言って俺は店を後にすると、大通りを進む。

すると大きな宿屋が見えてきた。おそらくここだろう。

俺は宿屋に向かって足を向ける。

しかし。

「申し訳ありませんが、当宿は現在貸し切りでございます。お引き取りを」

護衛らしき男が二人、俺の行く手を阻む。

宿側の警備員ってところか。

そんな彼らに俺は笑いかける。

「すまない。すぐに帰るよ」

そう言って俺は真っすぐ進む。

しかし、警備員たちは俺に反応しない。

彼らには本当の俺は見えておらず、引き返す俺の幻影が見えているからだ。

揉《も》め事《ごと》を起こしても仕方ないからな。ここは穏便にいこう。

ジャックには協力してもらわなきゃいけない。できるだけあいつの機嫌を損ねないように立ち回るのが肝要だ。

俺は宿屋の中に入る。すると奥のほうから騒がしい音が聞こえてきた。

その音を頼りに進んでいくと、かなり大きな大部屋にたどり着いた。

扉は開け放たれており、中から男の声と大勢の女の声が聞こえてくる。

「どこだ？　どこだ～？　可愛《かわい》子ちゃ～ん」

「こっちですよ！　ジャック様！」

「いえいえ、こっちです！」

そこでは目隠しをした中年のおっさんが、十数人の遊女を追いかけて遊んでいた。

酔っぱらっているのか、おっさんは千鳥足だ。

遊女はおっさんが近づくとヒラリと逃げてしまい、また追いかけっこが始まる。

まったく、本当にろくでなしだな。あれで俺と打ち合えるだけの技量を持っているというのが、またイラつく。

そんな風に思っていると、目隠ししたおっさん、ジャックが酒の瓶を手に取って一気に飲み干す。

「ぷはぁ！」

「すごい飲みっぷり！」

「そうだろ、そうだろ」

遊女から拍手をもらい、ジャックは機嫌良さそうに笑う。

そしてそのまま何の前触れもなく、物陰から中を見ていた俺に向かって酒瓶を投げつけてきた。

俺はそれを結界で受け止める。

「なんか酒が不味《まず》いと思ったら……野郎がいたんじゃ当たり前か」

「俺の気配に気づけるのに、遊女の気配に気づけないわけないだろ。ばかばかしい遊びだな」

目隠しをしていようが、遠くの敵を射抜けるほどの達人。

それがジャックだ。伊達《だて》に弓神だなんて呼ばれていない。

遊女は声をかけて近づいてきたところで避《よ》けているつもりだろうが、ジャックはいつでも捕まえようと思えば捕まえられる。

まさしく茶番だ。

「おいおい。どうも聞いたことのある陰気な声だと思ったら、お前かよ」

「久しぶりだな。ジャック。この前は見事な茶々入れだったぞ」

そう言って俺は自分の幻術を解く。

ジャックに見抜かれているなら魔力の無駄だ。

どうせここは貸し切り。

多少、遊女が騒いだところで問題にはならないだろう。

「何の用だ？　シルバー。俺は忙しいんだよ」

「そうは見えないが？」

俺の言葉を受けて、ジャックは騒然としている遊女を自分の腕に抱える。

「俺は可愛子ちゃんと遊んでるんだ。見てわからないなら、その仮面を捨てちまえ」

「愛人に振られたと聞いたが？　そんなことをしていると他の愛人にも振られるぞ？」

「おい……お前、俺に喧嘩を売りにきたのか？」

そう言ってジャックは遊女から手を離し、ゆっくりと俺を睨《にら》む。

明らかに先ほどまでとは別人だ。

遊女たちもその変わりように恐れを抱いたようで、ジャックから一斉に距離を取っている。

「喧嘩をするつもりはない。不本意だが、今日は頼みがあってきた」

「頼みだと？　ふん、なんだろうと聞く気はないな」

「ふっ、そうやって話を聞かないから妻子にも逃げられるんじゃないか？」

俺の一言が決め手だった。

ジャックは真っすぐ俺に突っ込んでくる。

それを見越していた俺は、自分の目の前に転移門を開く。行き先はエゴールの家だ。

「先に行って待ってろ。荷物は持っていく」

「なっ⁉　シルバー‼　てめぇ‼」

ギリギリでジャックは踏みとどまるが、俺は後ろに回ってその背を押す。

ジャックはそのまま為《な》す術《すべ》なく、転移門の中へと吸い込まれていった。

確保完了。向こうで暴れてもエゴールが対応するだろう。

これぞ大人の戦い。

「さて、あいつの荷物はどこだ？」

俺が質問すると、遊女たちが同じところを指さす。

そこには簡単な手荷物と弓が置かれていた。

さすが放浪の弓神。身軽だな。

そんなことを思いつつ、俺は素早く荷物を持って開きっぱなしの転移門に入ったのだった。

バイユーからドワーフの里まで必要な転移は二回。つまり、どこかで中継点が必要となる。

しかし、そんなことをしたらジャックに逃げられるため、俺は二つの転移門を洞窟のようにつなげて用意していた。

本来、一回の転移でも普通の人にはそれなりに負担となるが、間を置かない連続転移はその比じゃない。

普通の人には絶対にやってはいけない。しかし、相手はSS級冒険者だ。

負担的には問題ないだろう。ただ、転移で酔いがさらに回るかもしれない。

エゴールの家が悲惨な事態になっているかもしれないが、まぁいいだろう。酒を持っていけば許してくれるはずだ。

そんなことを思いながら俺はドワーフの里に転移した。

するとと。


「てめぇの差し金か！　クソジジイ!!」

「やかましいわい！　いきなり転移してきて吐くとかどこの国の挨拶じゃ!?」

「うるせぇ！　転移で酔いが回ったんだよ!!」

「酔うほど酒を飲むのが悪いんじゃ！」

「ブーメラン投げてんじゃねぇ!!」

エゴールの家は半壊しており、外ではエゴールとジャックが取っ組み合いをしていた。

醜い罵り合いをしている二人を見て、俺はため息を吐《つ》く。

だが、そんな俺の服を引っ張る奴がいた。

「呆《あき》れてないでさ、あれ、どうにかしてくれないかな？」

「あ、ああ……」

それはソニアだった。

ソニアは満面の笑みを浮かべながら、怒りの雰囲気を纏《まと》っていた。

言い知れぬ威圧感を覚え、俺は頷《うなず》く。

そして俺は二人をそれぞれ別々の結界に閉じ込める。

だが。

「これで」

「ぬるい！」

「脆《もろ》いわ！」

「……」

二人は拳一つで俺の結界を壊しやがった。

そしてまた殴り合いを始める。どちらもそれだけの力で殴っているのに、互いに大して効いてないあたりが化け物じみている。

「これだから非常識人どもは……！」

「その非常識人を他人の家に転移させた人も非常識だからね？　わかってる？」

「一緒にするな。俺は酒に呑《の》まれるようなことはない」

「そっか。お酒が入ってないのに非常識なら重症だね」

まだあの二人の酔っぱらいのほうがマシと言わんばかりの言い方に、俺は思わず眉を顰《ひそ》めるが今はソニアに抗議している場合ではない。

非常識人を止めるのが先決か。

俺は半壊した家を漁《あさ》り、エゴールの白い杖《つえ》を探し出す。これは杖であると同時にエゴールの愛刀だ。

俺はその杖とジャックの弓を手に持って、二人に声をかける。

「おい、そこの二人。自分の武器が大事なら今すぐやめろ」

「最低……」

「利口と言ってくれ」

「ああ？　シルバー、てめぇ……俺を拉致したあげくに人の武器を人質に取るとかふざけてんのか⁉」

「ふん！　我が愛刀がお主程度に壊されるわけないじゃろ！」

俺はエゴールの言葉を受けて、一つ頷く。

ＳＳ級冒険者の二人が使う武器だ。最上級の武器であることは間違いない。

壊すとなればそれなりに準備がいるだろうし、そんな時間を二人は与えてくれない。

だが。

「壊すとは言ってない。ランダムで転移させる」

「んだと……？　なら大陸中探し回るだけだ！　てめぇの言うことを聞くほうがむかつくぜ！」

「わ、わしは杖がなくても生きていけるし……」

「なら、この酒も一緒に転移させる」

俺はバイユーで買った二本の酒を追加する。

「なんじゃと⁉　酒まで人質にするつもりか⁉」

「この野郎……陰気な奴《やつ》だと思ってたが、ここまでか⁉　酒は解放しろ！」

「なんでお酒が一番効果的なのかなぁ……」

隣でソニアが呆れた様子でつぶやく。

こういうところが非常識人たちの非常識人たる所以《ゆえん》だな。

「とりあえず喧嘩《けんか》はやめて話を聞け。そうすればこの酒をくれてやる」

「……いいだろう。クソジジイと殴り合ってたら酒が抜けちまった」

「わしも酒が飲めるならそれでいいわい」

「そのお酒ってお爺《じい》さんへの報酬じゃ……」

「黙っていろ。向こうが納得しているんだ。交渉成立だ」

「……」

こうしてSS級冒険者の殴り合いは終息したのだった。

■■■

「査問ー？　なんで俺がそんな面倒なことに関わらなきゃなんねぇんだよ」

半壊したエゴールの家で酒を飲みながら、ジャックが顔をしかめる。

俺とエゴールはジャックの対面に座りながら、説得にかかっていた。

「わしも面倒だとは思うがなぁ。しかし、これを許せばそのうち面倒事がわしらにも降りかかるぞ？」

エゴールは酒を杯になみなみと注ぎ、それをグイッと飲み干す。

それに負けないスピードでジャックも酒を飲んでいく。

二本では全然足りないな。

「面倒になったら冒険者ギルドを抜けるだけだ。俺は好きにやらせてもらう」

「そうならないためにお前たちに協力を仰いでいる。評議会を今回だけ黙らせるなら何とかなる。お前たちに協力を仰ぐことに比べれば、大して難しくないといえるだろう。だが、一度黙らせても諦めないだろう。それが問題だ」

ターゲットが俺ではなく、他のSS級冒険者に移ったら、そいつらは交渉などせずに冒険者ギルドを抜けると言いかねん。

それを阻止することを考えると、今のうちに評議会に大きな釘《くぎ》を打ち込んでおくべきだろう。

SS級冒険者は自由に行動している。それぞれ自分の好きな場所で、好きなタイミングで動く。だからか、今の評議会はSS級冒険者というものに実感がない。

報告で聞くだけの存在だと思っているから、どうにか相手ができると思うわけだ。

実際に目の前に現れればそれが盛大な勘違いだとわかるはずだ。

もちろん、それだけが目的ではないが。

「諦めさせたいならバベルに魔法でもぶち込めばいいだろうが。それでおしまいだ」

「冒険者ギルドのゴタゴタは民を不安にさせる。ただでさえ、今は大国同士の戦争が起こっている。強行手段は避けたい」

「あくまで話し合いというわけじゃな」

「そのとおり」

「民のためか……ご苦労なことだな」

ジャックはため息を吐き、ぼさぼさの亜麻色の髪をかき上げる。

髪と同じ色の瞳が俺を真っすぐに見つめてくる。

「SS級冒険者がギルドから離脱すれば、大陸中が混乱する。そんなことは……俺もわかってる。仕方ねぇから今回は協力してやる」

「感謝する」

「だが、タダでとはいかねぇ。俺の捜しモノに手を貸せ」

まぁそうだろうな。

基本的にジャックは大陸中を歩き回っていた。その捜しモノのためだ。

「いいだろう。事が終われば俺の捜しモノに手を貸してやる。できるかぎりだがな。ちなみに……その捜しモノは妻子か？」

「最初はそうだった。だが……八年前に妻は死んだ。娘が俺の師匠によって育てられている。俺の下を去ったあと、妻は師匠を頼ったらしい。だが、それを知ったのは妻が死んだことを知らせる手紙が来たときだった。せめて墓に一言詫《わ》びて、娘の成長した姿を見たい……」

「手紙には居場所について書いてなかったのか？」

「書いていなかった。ギルドに届いたものだしな。妻の遺言で師匠は俺と会わせる気はないらしい。俺も父と名乗る気はない。資格もないしな。ただ、一目見ることくらいは許してほしい……」

なるほど。

俺は一息つくと、家の外へ出る。

そしてゆっくりと深呼吸をしながら空を見る。

ジャックの師匠ということは、魔弓を使うということだろう。

そしてお爺様と呼ばれる存在から魔弓とよくわからん言葉づかいを習った少女を俺は知っている。

年を考えればジャックの娘でもおかしくないだろう。

「偶然か……？」

世の中、広いようで狭い場合もある。

だが、今、それを教えたら藩国に行くといいかねん。

とりあえず今は黙っているとしよう。

もしも偶然ではなく、必然だったとしても。

教えていいものかどうか。

「考えるだけ無駄か」

いずれまた会うこともあるだろう。

藩国は帝国と戦争中だしな。

そのときに聞けばいい。

父親に興味があるかどうかを。

全然違う赤の他人の可能性もあるしな。

そう納得して、俺は半壊したエゴールの家に戻ったのだった。

エゴールとジャックをとりあえずドワーフの里で待機させ、俺はギルド本部・バベルの街に戻ってきた。

あいつらまで連れてくると評議会がＳＳ級冒険者を集めようとしているのを察してしまう。対策を取られたり、俺の査問を強引に進めたりされたらたまったもんじゃない。

フィーネという帝国大使の存在があり、評議会はまだ査問を決行してはいない。あくまで帝国大使とはよく話し合いをしたというていを取るだろう。

しかし、既に幾度も話し合いはなされている。残り時間は短い。

その短い中で残りの二人を見つけないといけない。

8

幻術で目立たない一般人に扮《ふん》した俺は、フィーネが泊まっている高級宿に入口から入る。

一般人に扮した近衛《このえ》騎士たちが俺に目を向けた。

「フィーネ嬢に会いたいのだが？」

シルバーとしての姿を見せると、近衛騎士たちは心得たとばかりに奥の部屋へ向かった。

すぐに隊長であるイネスが姿を現した。

「うんうん。その日のうちに実践とはいい心がけだね」

「常識人なんでな」

「常識人は言われないでも入口から入ってくるんだけどね。どうぞ」

チクリと痛いところをイネスはついてくる。

奥に招かれた俺はフィーネの部屋へと入った。

中ではフィーネが疲れた表情を浮かべて待っていた。

「おかえりなさいませ」

「どうした？　疲れてるようだが？」

「先ほどまで評議会の方と話をしていまして……取り付く島がない方と話をするのは疲れてしまいます……」

「すまないな。苦労をかける」

「いえ、私にできるのはこのくらいですから……しかし、評議会はこれ以上、待ってはくれないようです」

「だろうな。いつ査問すると言っていた？」

「二日後と。アル様が目覚めていないのなら、大使として認めないと抗弁するところですが……」

「しなくていい。的確な判断だ。今日開催となると厄介だが、二日あればどうにかなる」

「それでは成果があったのですね！」

「二人は見つけた。残り二人だ」

俺がそう成果を報告するとフィーネの顔がパッと明るくなった。

いつもの笑みを浮かべ、鼻歌交じりに紅茶を淹《い》れ始めた。

そして自分の分と俺の分を淹れていることに気づき、慌て始める。

「あわわ!! シルバー様の分まで淹れてしまいました！」

「いいさ。今回は飲む」

そう言って俺は仮面を外して一息つく。

それを見てフィーネは目を丸くした。

「いいのですか？」

「最も警戒すべき奴は見つけたし、残りの二人はギルド本部にはいない」

「それは確定情報なのですか？」

「確定ではない。けど、平気だ。エゴールからだいたいの居場所は聞いてきた。それに二人とも積極的にギルド本部へ寄り付くタイプじゃない」

「アル様がいいならいいのですが……」

「心配しなくてもいいさ。それに息抜きも必要だ。奴らを相手にしてると疲れる」

首を回した後に肩を回し、深くため息を吐《つ》いた後に俺はフィーネの紅茶を飲む。

温かい紅茶は疲れた体を癒《いや》し、いつもと変わらない味は心を落ち着かせてくれる。

「あー……」

「そんなにお疲れになるのですか……？」

「非常識人どもだからな……」

椅子の背に体重を預け、俺は目を瞑《つぶ》る。

すると、俺の手をフィーネの手が柔らかく包む。

「少し、お休みになりますか？」

「そうしたいところだが……残りの二人は難敵だ」

「〝両極の拳仙〟と〝空滅の魔剣士〟。どちらも帝国では噂《うわさ》しか聞きませんが……」

目を瞑ったまま頷《うなず》く。

どちらも帝国にはあまり縁がない。

「両極の拳仙、リナレスはＳＳ級冒険者の中でも変わった奴《やつ》だ。奴は通常の依頼をほとんど受けない」

「というと？」

「ギルドからの緊急依頼以外じゃ、基本的には土地の防衛しか引き受けないんだ」

「土地の防衛ですか？」

「大陸各地には魔力が溢《あふ》れる特殊な土地が存在する。ギルドでは〝特異点〟と呼ぶが、奴はその防衛しか受けない。そういう場所には指名手配中の魔導師や厄介なモンスターが現れやすい。ギルドとしても特異点の管理は重大任務だからリナレスに一任してるんだ。帝国にも特異点はないわけじゃないが、俺がいるからな。ギルドが気を遣って奴に依頼しない。そのため、帝国じゃ馴染《なじ》みがないんだ」

「なるほど……ですが、どうしてそれしか引き受けないんでしょうか？」

「それは……会えばわかる。奴は特異点の捜索はギルドに任せ、大陸各地の特異点から特異点へ移動している。今はとある山にいるらしい。申し訳ないんだが、奴の説得のために君の力を借りたい」

俺の言葉にフィーネは一瞬、何を言われたのかわからなかったのか首を傾《かし》げる。

しかし、少しして俺の言ってる意味を理解したのか、困ったような笑みを浮かべた。

「私がお力になれるんでしょうか……？」

「間違いなくな。俺一人よりはよほどマシだ」

「ですが、私は武術のことはよくわかりません……」

「必要ない。リナレスは大陸最強の武術家だ。その道においては最高峰。奴が相手じゃ大抵の奴が武術のことをわかってない扱いになる。そういう話はいらないんだ」

「そ、そうですか……わかりました！　お役に立てるというなら頑張ります！」

薄《う》っすらと目を開けると、フィーネがグッと胸の前で拳を作っていた。

やる気があるようで結構。

まぁフィーネのやる気はあまり意味ないけど。いるだけで効果的だからな。

「それじゃあイネス隊長に頼むとしよう。この後に予定は？」

「ありません」

「なら大丈夫だろう。彼女は近衛騎士隊長の中じゃ融通が利くほうだからな。一言余計だが」

「そうでしょうか？　イネス隊長は親身で私は好きです」

「そういう人物じゃないと外交の場は任せられないってことだろう」

そう言って俺は仮面を再度つける。

息抜きは終わりだ。

気持ちを入れて取り掛かるとしよう。

「そういえば〝空滅の魔剣士〟さんのお名前は何というんでしょうか？　シルバー様と並ぶ謎の人物と言われていますが……」

「奴は皇国を拠点としているからな。帝国には二つ名だけが流れるだけか。どんな名前だと思う？」

「え？　私に当てられる名前なのですか？」

「ああ。誰でも当てられる」

「誰でも……？」

フィーネは頭に？マークを浮かべ、何度も首を傾げる。

そんな様子に苦笑しつつ、俺は答えを告げた。

「〝ノーネーム〟。それが奴の呼称だ」

「ノーネーム……」

「顔も名前も性別もわからない。それが奴だ。謎という点じゃ俺の比じゃない」

「隠さねばならない理由があるのでしょうか……」

「かもな。けど、性格でいえば一番厄介なのはリナレスのほうだ」

「それほどですか……」

「それほどだ。覚悟しておいたほうがいい。──強烈だぞ」

そう言って俺は顔をしかめる。

まさか奴に俺のほうから会いに行く日がくるとはな。

人生とはわからないものだ。

イネスからの許可をもらい、俺とフィーネは大陸北東部にある特異点に来ていた。

皇国の辺境に位置するその場所の名は霊峰・シャングリラ。

一見するとただの巨山だが、近づけばその魔力の濃さに気づく。

「ここがシャングリラですか……少し息苦しいですね」

「君には結界を張ってる。それで息苦しいんだ。きっと何もなければ倒れているだろうな」

「それだけこの山は魔力に満ちているということですね……」

魔力の濃さは植物にも影響を及ぼしている。

山の山頂付近は淡い緑の光を放つ花で埋め尽くされていた。

「この花は……？」

「光翠花《こうすいか》。一般には出回らない貴重な花だ。使い方次第で薬にもなるし、毒にもなる。特異点の一部にしか咲かない花だから、この花の採取クエストがあるくらいだ」

「とても綺麗《きれい》ですね……」

「たしかに幻想的だな。だが、これを見られるのはごくわずかな冒険者だけだ。濃い魔力は山に生息するモンスターにも強い影響を与える。この山にいるモンスターの平均はＡＡ級」

「平均でＡＡ級ですか……」

「魔力に惹《ひ》かれて山を下りないから害はないが、山を登る者にとっては厄介な存在だ。俺たちはそれを素っ飛ばして山頂まで来たけどな」

　転移がなければ面倒なことになっていただろう。

　なにせモンスターは山頂には近づかない。その分、下のほうにうじゃうじゃといる。突破は容易じゃない。

「貴重な景色をありがとうございます」

「喜んでくれたならなによりだ。だが、残念ながら、この景色はついでだ」

　礼を言うフィーネに肩を竦《すく》めながら、俺は山頂めざして歩き始める。

　すると、突然爆音が響き渡る。それも一回ではない。幾度も繰り返される。

「な、なんですか!?　この音は!?」

「気にしなくていい」

「き、気になります！」

　音が大きすぎるせいか、フィーネが声を張る。

そんなフィーネに俺は呆《あき》れた口調で答えた。

「正拳突きの音だよ」

「……はい？」

「拳仙なんて言われる奴だからな。ただの突きでも強力な魔法並みの威力があるんだ」

言いながら俺は足を進める。立ち止まってしまうと行きたくない病が発症しかねない。

そんな俺の後をフィーネが恐る恐るついてくる。

やがて山頂の中心で構えている人物が見えてきた。

その人物は一度静止すると、目にもとまらぬ速さで拳を突き出す。

そして。

「私の庭に黙って立ち入るなんて無粋ね。シルバー。だからあなたは駄目なのよ」

「急用だったんだ。リナレス」

「何度言ったらわかるのかしら？　私のことはリナと呼びなさい」

そう言って身長二メートルを超える筋骨隆々な大男がこちらに振り向いた。

薄紫色の長い髪に同じ色の瞳。肌は白く、顔には薄っすらと化粧が施されている。

年齢は三十代くらいに見えるが、本当の年齢はわからない。

仕草は女性的だが、見た目は完全に男。

リナレスはオネエなのだ。

「えっと……」

「紹介しよう、フィーネ嬢。こいつが〝両極の拳仙〟と呼ばれるロナルド・リナレスだ。愛称は本人希望でリナだがな」

「いやだわ。フルネームを使わないでちょうだい。デリカシーがないわね」

「リナレス。こちらは帝国のフィーネ・フォン・クライネルト嬢。噂くらいは聞いたことがあるんじゃないか？」

「ええ、聞いているわ。帝国一の美女、蒼鷗姫《ブラウ・メーヴェ》。噂以上だわ。本当に綺麗ねぇ～」

「お、お初にお目にかかります。リナ様。フィーネと申します」

そう言ってフィーネは優雅に一礼する。

すると、リナレスは見定めるように上から下まで見る。

「──素晴らしいわ！　パーフェクト！　外見はもちろん、仕草や纏《まと》う雰囲気まで綺麗！　美しいわ！　こんなに綺麗な子は私以外に見たことないわ!!」

「ありがとうございます」

フィーネは素直にリナレスの称賛を受け入れた。

今の言葉でわかる通り、リナレスは自分に対する評価がとても高い。よくもまぁ、その外見でフィーネと自分を比べられるもんだ。

まぁその美意識の高さゆえに、特異点にいるわけだが。

こいつが特異点にいる理由は修行と美容だ。

魔力の濃い場所で修行することで、自分を追い込むという目的と、そういう場所で暮らすことで自分の美を磨くという目的。

光翠花を使った美容薬も開発しているし、その美意識は徹底している。

ゆえに両極。武と美、男と女。それぞれの道を極めている人物だからこそ、両極の拳仙と呼ばれている。

「シルバー、そんな美意識の欠片《かけら》もない仮面をつけている割には、すごい子を連れてくるじゃない！　あなたとこの子じゃ月とスッポンだけど！」

「悪かったな。美意識のない仮面で。今日は話があってきた。とりあえず家に入れてもらえるか？」

「あなたみたいなダサい男を入れるのは嫌だけど、フィーネが一緒だからいいわ。来なさい」

「ありがとうございます！　リナ様！」

「もう！　リナ様なんて堅苦しいわ！　美しい者同士、呼び捨てでいいわよ！」

「そんな！　恐れ多いです！」

「そんなかしこまらないで！」

「で、では、リナさんと……」

「まぁ、いいわ。私特製のお茶があるの。美容にいいのよ！　シルバー。あなたは少し離れてついてきなさい」

「はいはい」

ため息を吐《つ》きつつ、俺はリナレスのあとをついていく。

リナレスは俺の仮面が気に入らないらしく、会うたびにこの仮面に文句を言ってくる。そんな俺が話があると言っても聞いてくれないと思って、フィーネを連れてきたのだが、正解だったな。

リナレスは自分に対する美意識は狂ってるが、それ以外の美意識はそこそこ正常だ。美にうるさいリナレスなら、フィーネを連れていけば必ず気に入ると思っていた。

まずは第一段階はクリアだな。

しばらく歩いていると、やけにファンシーな家が見えてきた。

よく、こんな家をこの山頂に作れたな……。

「どうぞ、私の家へ」

そう言ってリナレスはフィーネを招き入れる。その後ろから俺が入ると、リナレスは嫌だ嫌だと言わんばかりに首を振る。どんだけ、この仮面が嫌いなんだよ。

部屋の中はかなり女性的だった。随所に自分の髪色と同じ紫の小物を使っているのが、リナレスなりのこだわりなんだろう。

「綺麗な紫ですね！　リナさんにとても似合ってます！」

「そうでしょ！　もー！　わかってるんだから！」

「……」

自然と相手が褒めてほしいところを褒められるのはフィーネの長所といえるだろう。

するりと相手の懐に入れるということは、それだけ交渉を有利に運べるということだ。

大使というのはフィーネにとっては天職なのかもしれない。

そんなことを思っていると、リナレスが客用の椅子を出した。

フィーネの分だけだが。

「俺の分はどうした？」

「あなたは立ってなさい。家具に触れたら帝国まで吹き飛ばすわよ？」

「……」

思わず、この家を破壊してやろうかという言葉が口から出かけたが、なんとか踏み留《とど》まる。

せっかくフィーネが気に入られて、説得できそうなんだ。台無しにしては悪い。

こうして、リナレスへの説得が始まったのだった。

「さてと、それじゃあ話を聞くわ」

「実は……」

「フィーネに聞いてるの。あなたに聞いてないわ。私と話したいならまずはそのダサい仮面を外しなさい」

「……」

こいつ……！

思わず頰《ほお》を引きつらせるが、俺が何か言う前にフィーネが話を進めた。

「では、私から説明させていただきます。リナさんはシルバー様が帝国に加担したという話はご存じでしょうか？」

「連合王国の聖竜を討伐したって話かしら？　たかが老竜を二匹討伐した程度で帝国に加担なんておおげさね」

「ですが、連合王国の守護聖竜です。あの介入で帝国は救われ、反乱軍は撤退を余儀なくされました。その介入はSS級冒険者としてあってはならないとギルド評議会は判断し、シルバー様を査問にかける準備をしています」

「馬鹿ねぇ。〝守護聖竜〟。その言葉がすべて物語っているわ。自国の防衛に使うというから見逃していただけ。侵攻に使ったならただのモンスターよ。私たちがSS級冒険者という枠組みから飛び出れば、大陸屈指の危険人物に成り下がるのと同じことよ」

「ギルド評議会はシルバー様がその枠組みから飛び出していると考えています。帝国への肩入れは目に余ると」

「なるほど。素敵な論法ね。それで？　彼らの真の目的は？」

「SS級冒険者をギルド評議会の管轄下に置くことかと。シルバー様が管轄下に置かれれば、前例ができます。そのうち、すべてのSS級冒険者の自由がはく奪されると思います」

フィーネの言葉を受けてリナレスはフッと笑う。

そして無言で立ち上がるとお茶の準備を始めた。

その間、フィーネは何も喋《しゃべ》らない。

人には考える時間が必要だからだ。

「どうぞ、フィーネ」

「ありがとうございます」

リナレスはフィーネに淹《い》れたお茶を差し出す。案の定、俺にはない。まぁ飲まないからいいんだが。

フィーネは礼を言って、そのお茶の香りを嗅ぐ。

「いい香りですね。落ち着きます」

「そうでしょ？　光翠花は薬にはよく使えるけど、お茶にするにはイマイチだったの。だから色々と工夫して、美味《おい》しく飲めるようにしたのよ。美容にすっごくいいわよ」

「だからリナさんは肌がお綺麗なんですね」

「もう！　上手なんだから！」

そう言って二人は他愛《たあい》のない話を始める。

それは全然関係のない話だが、フィーネは笑顔でそれに応じている。

ここもフィーネの才能といえるだろう。なにせ我慢強い。

待つということも一つの戦術であることをよく理解しており、それを実行できるだけの精神力がある。

その甲斐《かい》あってか、やがてリナレスは話を戻した。

「……私の個人的な意見ではあるけれど」

「はい」

「シルバーが帝国に肩入れしていると言われるのは自業自得よ。冒険者はなるべく政治には関わらない。上のランクになればなるほど、それは重要になってくるわ。強い力を持つ者はそれだけで大きな影響を与えるから。私は前々から思っていたのよ。転移なんて便利な魔法を使えるのだから、シルバー、あなたはギルド本部に駐屯して緊急依頼が来たらそこに飛ぶという依頼の受け方をするべきじゃないかって」

「大陸全土を俺にカバーしろと？」

「あなたを必要とするのは帝国だけじゃないって話よ。私、あなたの力は認めてるのよ？　一対一の実力ならいざ知らず、できることの多さであなたに勝てるSS級はいないわ」

「意外だな。そこは認めていたか」

「もちろんよ。認めるべきところは認めるわ。どうかしら？　今の案を通せば、評議会は文句を言えないと思うのだけど？　大陸全土の民のためと考えれば悪くない話だと思うわ」

リナレスの目はどこか俺を試すような目だった。

さて、どう答えるべきか。

帝国に加担していると言われるなら、冒険者ギルド本部に居を構え、大陸中を飛び回ることを自分から提案する。そうすれば確かに評議会は何も言えないだろう。

あくまで緊急の依頼のみということにすれば、評議会からの介入も最小限に抑えられる。彼らは俺を好きに使いたいわけだが、この提案だとそういうわけにはいかない。

悪くない提案だ。

しかし、そうなると帝国では動きづらくなる。

俺の本当の姿のほうで問題が出るわけだ。

そんな風に思っていると、フィーネが静かに告げた。

「話になりません」

「あら？　どうしてかしら？　民のために。それが冒険者の基本原則なのよ？」

「ですが、冒険者である前に皆、人です。生きる場所があり、関わる人がいる。それをすべて捨てろというのは横暴です。その提案ではすべての負担がシルバー様に集中してしまいます」

「だから言ったはずよ。自業自得だと」

「私は自業自得とは思いません。シルバー様は自分の手が届く範囲で全力を尽くしています。それが間違っているというなら、冒険者は何を信じて動くのですか？」

「間違っているとは言わないわ。普通の冒険者ならそれでいいの。けれど、シルバーはSS級よ。シルバーがいることで帝国はより外に力を向けられるという事実があり、シルバーはそれを証明してしまったわ」

「帝国が強国なのはシルバー様が現れる前からです。シルバー様がいなければ、いないなりに帝国は対策を講じ、外に力を向けます。帝国の強さとシルバー様を結びつけるのは詭弁《きべん》です。むしろ、帝国がお金を使い、高ランクの冒険者をかき集める必要がないというメリットが発生しています」

「そうよ。帝国は強国。大陸最強国といってもいいわ。だからこそ、諸外国は文句を言ってくるの。そしてその文句はあながち的外れじゃないわ。シルバーが帝都にいる。いつ出てくるかわからない。それだけで相手には心理的圧迫を与えられる。それは高ランクの冒険者をかき集めたところで発生しないことよ」

一瞬、リナレスとフィーネの視線が交差する。

どちらも言葉を口にしながら、相手の様子を窺《うかが》っている。

高度な心理戦が繰り広げられているのだ。

「まるでシルバー様の恩恵を帝国だけが受けているというような言い方ですが、シルバー様は周辺国にも出向いています。公国の海域では海竜を討伐しているのが良い証拠です。大陸中央部にシルバー様がいることのメリットです」

「そのメリットがあるからデメリットに目を瞑《つぶ》れというのかしら？　たとえば、諸外国がモンスターを自由に操る術を開発して、軍と一緒に攻め込んだらシルバーはそれを一瞬で壊滅させるのよ？　諸外国からしたらたまったもんじゃないわ」

「それは冒険者の基本原則に従ったものです。〝民のために〟。民に被害が出る可能性を事前に排除する。それが冒険者の仕事です。リナさんだって、同じ状況になればモンスターを討伐するはずです。違いますか？」

フィーネの言葉を受けて、リナレスは満足そうに笑う。

そしてゆっくりとお茶を飲み、告げた。

「いいわ。協力してあげる」

「ありがとうございます！」

「私程度に言い包《くる》められてるようじゃ、評議会の古狸《ふるだぬき》たちにも当然言い包められてしまうだろうから試させてもらったけれど……問題ないようね。正直、私が交渉を担当する羽目になるのはごめんだったのよ」

「そこは私が引き受けます」

「助かるわ。SS級冒険者って現場で暴れるのが仕事でしょ？　みんな交渉って苦手なのよね」

「一緒にしないでもらおう」

「あなたは査問される側でしょ？　説得力に欠けるわ。やっぱり弁護は他人がしないと信用できないのよ」

そう言ってリナレスは俺を小馬鹿にしたように笑った。

やっぱりこいつとは合わない。

「ああ、そうそう。タダでっていうわけにはいかないわ」

「なんでしょうか？　私にできることがあれば……」

「駄目よ駄目。対価は本人が払わないと」

「なんだ？」

「そのダサい仮面を取りなさい。それで引き受けてあげるわ」

「えっ⁉」

フィーネが驚いたようにリナレスを見つめる。

リナレスの目は本気だった。

これは外さないと協力はしてくれなそうだな。

「いいだろう」

「し、シルバー様⁉」

慌てるフィーネをよそに俺は仮面を外す。

そして俺の素顔をリナレスに晒《さら》した。

「……馬鹿にしてるのかしら？」

「いや、真面目だが？」

「とても真面目には見えないわ。だって、あなたの顔が真っ黒に覆われてるもの。魔法で隠してるじゃないの」

「隠してはいけないと言われた覚えはない」

「あなたねぇ……！　その魔法ごと吹き飛ばしてあげてもいいのよ？」

「お気に入りの部屋が壊れていいならやればいい」

「……嫌な男」

「利口と言ってほしいな」

そう言って俺は仮面を再度被《かぶ》る。

それを見てリナレスが顔をしかめた。

「仮面を外しなさいって、これから仮面禁止って意味だったのだけれど？　私、そのダサい仮面を被る男に協力したくないの」

「だったらそういうべきだったな。俺は一時的に外せと受け取った」

「白々しいわね……！」

ハンカチがあったらきーっと咥《くわ》えて悔しがりそうな顔だ。

俺が鼻で笑うと、リナレスは今にも殴り掛かりそうな雰囲気を醸し出す。

それを見てフィーネが宥《なだ》めにかかった。

「り、リナさん！　私が他の事で埋め合わせをしますので！」

「……結構よ。約束は約束。約束っていうのは過去の自分への責任。守るから美しいの。私、そこにいる不義理な男とは違うのよ」

「見事な美学と言っておこう」

「うるさいわね！　あなたに褒められてもうれしくないわ！　もう！」

リナレスはプンプンと怒りながら、俺とフィーネを家の外へ連れ出す。

そして真面目な口調で告げた。

「さぁ、行くわよ。自由な鳥を鳥かごに入れようとしている醜い人たちに教えてあげなくちゃ。鳥は自由だから美しいのだと」

「いや、お前を連れていくのは査問の直前だ。俺はノーネームを探さないとなんでな」

「ノーネーム？　あの子ならダンジョンに行くって言ってたわよ？」

「ダンジョン？」

それは意外な形で転がってきた貴重な手がかりだった。

9

リナレスを置いて、俺はフィーネを伴って皇国東部にあるダンジョンに来ていた。

ここにノーネームが来たダンジョンがあるからだ。

「ダンジョンに入るのは初めてです！」

「最近はダンジョンも珍しいからな」

ダンジョンとは古代魔法文明の遺跡だったり、悪魔が作った物だったり、多種多様な建造物の総称だ。

大抵は入るのにすら苦労するし、中に入ったとしてもモンスターや防衛機構の相手をする必要がある。

ダンジョン内のモンスターは隔離された中で生き残ったモンスターだったり、特殊な環境に適応した新種だったりと、普通であることのほうが珍しい。

防衛機構は古代魔法文明時代の物で、強力なモノも多く、その残骸ですら高値がつく。

そういう障害がありつつも、大陸各地でダンジョンは踏破され続けてきた。最近ではダンジョンという言葉を聞かなくなるほどだ。

なぜか？

古代魔法文明の遺跡の奥には、今では再現できない貴重品が眠っており、悪魔が作った建造物は魔王軍時代の遺物が多く眠っている。

それは危険を承知で取りに行く価値がある物だった。

「魔法先進国である皇国はダンジョンの発掘に積極的だ。今の大陸じゃ一番、ダンジョンが発見される可能性のある国だろうな」

言いながら俺は山に埋もれるように作られた人工的な扉を見る。

古代魔法文明時代の施設といったところだろうか。

中には貴重な道具や武器が眠っているんだろうな。

ノーネームが行くぐらいだから、すでに漁《あさ》られたあとなんてことはない。

「あいつが好きそうな場所だな」

「ノーネームさんはダンジョンが好きなんですか？」

「好きといえば好きだろうな。あいつの趣味と実益を兼ねた行動にはうってつけだ」

「趣味と実益？」

「ノーネームは謎の多い奴《やつ》だ。ＳＳ級冒険者になって既に半世紀以上。しかし、衰えは見えない。人間なのか亜人なのかもわからない。だが、一貫する行動は魔剣のレベル上げだ」

「レベル上げですか？　それはより扱い方を極めるといったような？」

「違う。奴の愛剣の名は〝冥神《ディス・パテル》〟。おそらく魔剣という括《くく》りの中では最強の剣だ。その特性は魔力喰《ぐ》い。魔力を吸収して成長する魔剣なんだ」

「そんな魔剣が存在するんですね……」

驚いたようにフィーネがつぶやく。

そりゃあ驚くだろうな。

成長する魔剣なんて、もはや剣の枠組みを超えている。

「奴の目的はこの魔剣で聖剣を超えること。そのために奴はダンジョンを攻略したり、強力なモンスターを討伐したりしている。皇国を中心に動いているのは、ダンジョンが見つかりやすいからだ」

「聖剣というと、エルナ様の聖剣ですよね……？　あれを超える？」

「まぁあの威力を知る者からすれば、馬鹿げた挑戦だが……それを本気でやっているのがノーネームだ」

ＳＳ級冒険者が本気で聖剣を超えようとしている。

かつてない挑戦だ。現在、大陸にある武器の中で聖剣は断トツで最強の武器だからだ。

魔王すら滅ぼした人類の切り札。

それを超えるということはどういうことを意味しているのか？

聖剣はアムスベルグ家の血を引く一握りしか使えない武器だ。つまり、聖剣を超えるということはアムスベルグを超えるということ。

「勇者を超える。それがノーネームの目的なんだよ」

俺はダンジョンに入りながらそうフィーネに説明する。

帝国に生きる者としては正気を疑いかねないノーネームの目的に、フィーネは初めてのダンジョンを見渡す余裕もないほど衝撃を受けたようだ。

ぶっちゃけ、それを聞いたときは引いた。

エルナが使う聖剣ですら全力ではない。聖剣はいまだその力を明かしてはいない。だが、俺は現時点ですらあれを超えようとは思わない。

「さすがＳＳ級冒険者というべきでしょうか……」

「その目的だけであいつは大陸屈指の異常者だからな。徹底しているのはそのために手段を選ばないところだよ」

俺は呆《あき》れたため息を吐《つ》く。

あいつがＳＳ級冒険者でいるのは、目的のために効率的だからだ。

冥神《ディス・パテル》はモンスターからだろうが、他の魔剣からだろうが魔力を吸収できる。条件は壊すこと。モンスターを討伐する瞬間、魔剣を壊す瞬間、その一瞬で冥神《ディス・パテル》は対象の魔力を吸収して成長する。

ＳＳ級冒険者となれば強力なモンスターとも戦えるし、犯罪者とも戦う。魔剣を成長させるにはうってつけだ。

「奴に初めて会ったのは二年前。その時に奴は皇国のダンジョンが枯渇しつつあると言っていた」

「魔法先進国として国内のダンジョンを調べ尽くしているわけですからね。大陸全体で見てもダンジョンが少なくなっているなら、皇国では見つからなくなるのは確かに時間の問題でしょうね」

数は少ないが、優れた調査力で皇国は一定のダンジョンを発見していた。

しかし、同じことを他国でやればもっとダンジョンは見つかる。

「だからあいつは俺に言ったんだ。自分も帝国に行きたいってな」

「それは……さすがに……」

「SS級冒険者が二人なんてさすがに戦力過多だからな。その時は諦めろと言ったが……」

異常な目的に邁進《まいしん》するノーネームが諦めるわけがない。

たぶんだが、霊亀のときに上層部へ訴えたSS級がいるとすればノーネームだ。これまでの他の連中の反応じゃ、俺に対抗心を燃やしている感じはなかった。

なら俺が帝国から離れることを望み、動いた可能性は十分にある。

そうなると説得は非常に難しい。

対価として帝国から離れろと言われかねないしな。

俺が離れるだけなら受け入れることはできる。リナレスの提案はそういうものだ。帝国にS級は置かないという案だ。

しかし、俺の代わりにノーネームが帝国に居座るというなら話は違う。

ノーネームがアムスベルグ家と良好な関係を作れるとは思えない。

「あいつが帝都に来て、エルナに喧嘩《けんか》を売られても困るしな……」

「帝都が壊れてしまいます……」

「断言してもいいが、いずれ奴はそれをやる。魔剣が聖剣を超えたと確信したらな」

そう言いながら俺は周囲を見渡す。

あるのは鎧《よろい》人形の残骸。おそらくこの施設を守るように作られた防衛機構の一種だ。

それはすべて壊されている。徹底的に、だ。

おかげで俺とフィーネは一切、妨害を受けずに奥へ進めた。

この様子だと、ノーネームはこのダンジョンを余さず踏破しながら防衛機構を潰している。

奴らしいな。

「もう出てしまった後なのでしょうか？」

「いや、下にいる。独特の魔力を感じる」

これは奴の魔力じゃない。

SS級冒険者であるノーネームは個人としても圧倒的な実力者だ。しかし、それを覆い隠すほどの魔力が奴の周りには渦巻いている。

冥神《デイス・パテル》の魔力だ。

「俺と奴だけだと戦闘になりかねないから君を連れてきたが……怖いか？」

「いえ、シルバー様と一緒なら平気です」

「いつもなら任せろと言いたいところなんだが、今回ばかりは自信がない。最悪、戦闘になったら転移で逃げるぞ。君を守りながらじゃ俺が魔剣の餌食になりかねん」

自分が返り討ちになる可能性があるから、ノーネームはSS級冒険者には手を出さない。S

S級冒険者の地位も剝奪《はくだつ》されかねないしな。

しかし、今の俺はフィーネというハンデを背負っており、ギルド評議会からも睨《にら》まれている。

この条件なら仕掛けてきかねない。まぁフィーネがいる前でそんなことはしないと思っているが。

あれでも一応は冒険者だしな。

だが、確信できないのがノーネームという人物だ。

俺とフィーネは長い階段を下っていく。

すると、とんでもなく広い空間に出た。きっと地下施設だ。

実験場だったのかもしれない。軍の演習ができそうなほど広い。

その中央。巨大な鎧人形の残骸の近く。

奴はいた。

「――ノーネーム」

俺が名を呼ぶと奴は振り返る。

戦闘の後だというのに一切汚れのない白装束に、顔を覆う黒い仮面。

手には禍々《まがまが》しいほど黒い魔剣が握られていた。

「ごきげんよう。シルバー。あなたから会いに来るとはどんな用件ですか？」

丁寧な口調。だが、声は高くもなく、低くもない。男とも女とも取れる。

声はもちろん、雰囲気から性別を判別することもできない。俺の仮面と同じ効果があるんだろう。

　顔も名前も性別も年齢も、あらゆることが不明なのがノーネームという人物だ。

「用件か。言わなくてもわかっているんじゃないか？」

「まるで私が仕組んだことのような言い方ですね。あなたの査問については私はノータッチですよ。評議会の方々が諸外国からの圧力に屈しただけです」

「査問については、か」

「ええ。お察しだと思いますが、霊亀が出現したときは評議会に文句を言いました。あなたばかり手柄をあげるのは如何《いかが》なものか、みたいな感じですが」

「やっぱりお前だったか」

「私的にはあなたが帝国に愛想を尽かし、S級が討伐に失敗した霊亀を私が討伐して、私が新たな帝国のSS級冒険者というシナリオを描いていたんですが、見事にひっくり返されてしまいました」

　さすがSS級冒険者というべきだろうか。

　俺を嵌《は》めたというのに悪びれる様子が欠片《かけら》も感じられない。まるで他人事《ひとごと》だ。

「それは残念だったな」

「ええ、残念でした。正直、もう皇国は潮時ですから」

「お前が見つけたダンジョンを即座に攻略するからだろう」

「ダンジョンが一番効率がいいので。大抵のモンスターは私の魔剣の力を感じると逃げてしままうんです。ダンジョンなら逃げ場はありませんから」

「皇国の価値はダンジョンだけか。皇国の民が聞いたら泣きそうだな」

「泣けばいいと私は思っていますよ。個人的に亜人差別の皇国は嫌いなので」

「ほう？　お前から個人的な意見が出るとは驚いたぞ。それならなぜ皇国を長らく拠点としてきた？」

俺の言葉にノーネームは軽く肩を竦《すく》めておどけてみせた。

それが演技なのか素なのか。俺にも見分けがつかない。そういう見分けは得意なんだがな。

「私にだって個人的意見はありますよ。ただ、個人的意見よりも目的のほうが優先順位は上ということです。私の魔剣が強くなればなるほど、ダンジョンは必要になる。そのダンジョンを見つけることに積極的で、冒険者にも協力的な国家が皇国だった。それだけです」

「そして必要じゃなくなったから鞍替《くらが》えすると？」

「ええ。帝国は良い国と聞いてますし、未発掘のダンジョンも多いと予想されますから。ただ問題なのはSS級冒険者が二人も同じ国にいることをギルドは容認しないということです」

「それはそうだろうな。帝国も容認しないだろ。薬も過ぎれば毒となる」

モンスターに対処する冒険者は国にとっては薬だ。SS級冒険者はその中でも劇薬といえるだろう。それが二人もなんてことになれば、どんな毒よりも強力な劇毒になりかねない。

だからノーネームが望む結果を得るためには、俺を排除するしかない。

「その通り。だから私が帝国に行くにはあなたが邪魔で、あなたは今、ギルド評議会に目をつけられている。私はそれなりにギルド評議会からは気に入られていますから、あなたが査問にかけられた後、帝国に行きたいと言えば通るとみてます」

「帝国が認めると思うのか？」

「認めますよ。内外に争いを抱えているのに、SS級冒険者がいなくなればモンスターも警戒しなければいけなくなる。帝国は最近、モンスター被害が多いですからね。そして帝国の冒険者の質は低い。対モンスターについてはあなたに依存しているといってもいい」

だから認めます。

ノーネームはそう告げた。

なるほど。大したもんだ。そこまで考えて動いているとは恐れ入る。

だが。

「だそうだが？　フィーネ嬢」

「はい。残念ながら、帝国はあなたのことを受け入れません。ノーネーム様」

「その権限があなたにあるのですか？　フィーネ・フォン・クライネルト嬢」

「ご存じでしたか」

「もちろん。滅多《めった》にみることのない美女に蒼《あお》い鷗《かもめ》の髪飾り。気づかないわけがない。しかし、残念です。あなたはシルバーの味方のようですね？」

「私は帝国を代表し、大使としてギルド本部に派遣されました。その私の考えは帝国の総意です。シルバー様は帝国のために全力を尽くしてくれました。査問など認められませんし、それに乗じてシルバー様にとって代わろうとするなど認めません」

「ほう？」

貴族の令嬢。

そうフィーネを見ていただろうノーネームだが、フィーネの返しを受けて見方を変えたようだ。

フィーネはその知名度だけで大使に選ばれたわけではない。

大使として天性の素質を持っており、これまで多くの暗躍に付き合ってきた経験もある。

諸外国の外務大臣とだって渡り合うだろう。

「認めないというと、どうするおつもりですか？　貴国は大変な状況だと思いますが？」

「そのとおりです。しかし、大変な状況にした一因はあなたにもあります」

「それは申し訳ない。それは働きで返すつもりです」

「結構です。シルバー様がもしも査問を受け、帝国から離れることになったとして、後釜となるSS級冒険者はすでに帝国内にいます」

「……エゴール翁《おう》ですか。あの老人が帝国に未《いま》だいるとは驚きですね。しかし、あの老人はジッとできない性分です。長く帝国にはいないかと」

「構いません。内乱鎮圧と諸外国の迎撃。これが終わるまでいていただければ、その後はシルバー様にもう一度帝国に戻っていただきます。諸外国の圧力に屈する評議会なら、諸外国の侵攻を退けた帝国の圧力にも屈するはずですから」

エゴールはソニアのためにドワーフの里にいる。

少なくともゴードンの反乱鎮圧まではほぼ確定で帝国にいる。その後どうなるかはあの人の気分次第だが、そこまでいてくれれば問題ないというフィーネの意見は正しい。

そこまで持ちこたえれば、帝国は戦勝国として各国にギルド評議会への圧力をやめるように伝えることができる。そうなればギルド評議会は俺に対して何か言う根拠を失う。

「嫌われたものですね」

「あなたの目的が目的ですので」

「……私は聖剣を超える魔剣を作り上げたいだけです」

「それは勇者を超えることにほかならず、勇者は我が国の象徴です。あなたがその目的を抱く限り、帝国があなたに協力することはあり得ません」

「なるほど。大した御令嬢《ごれいじょう》ですね。ちなみにシルバー。私のところに来たということは、ほかのSS級冒険者の協力は取り付けているんですよね？」

「もちろんだ。お前は一番、俺に協力しなそうだからな」

「私の目的のためです。あなた個人を嫌っているわけじゃありません。しかし、わかりました。査問については協力しましょう。私がギルド評議会側についたところで、SS級冒険者が四人も揃《そろ》えば査問はひっくり返される。私にできるのは私を贔屓《ひいき》する評議員を数名庇《かば》うことくらいでしょうが……彼らのために不利益を被るのはごめんです。それで私の目的が妨げられては元も子もない」

そう言ってノーネームは降参と言わんばかりに両手をあげる。

フィーネを連れてきたことで、帝国がノーネームを受け入れないことをより強く思い知らせることができた。これで俺と反目する理由はノーネームにはない。

「帝国は諦めて、他の国に行け」

「そうすることにします。しかし、私が帝国行きを望んだのはダンジョンだけではありません」

「ほう？」

「私が帝国行きを望んだのは現状の確認です。我が魔剣は今、聖剣とどれほどの差があるのか。それを私は知りたかった」

「……勇爵家の神童に喧嘩を売るつもりだったのか？」

「まさか。ただ、この目で聖剣を見てみたかっただけです。しかし、あなたはその目で聖剣を見ている。あなたほどの実力者なら私の魔剣と聖剣を比べることもできるはず。なので、私が協力する対価はあなたとの勝負です。シルバー」

そう言ってノーネームは俺に漆黒の魔剣・冥神《ディス・パテル》を突きつけた。

結局、こうなるのか……。

「戦うのは構わない。だが、今は遠慮したい」

「なぜですか？」

「一つ、フィーネ嬢がいる。二つ、今日は転移魔法を何度も使っている。これ以上、魔力を使いたくはない」

俺の理由を受けて、ノーネームはなるほどと頷《うなず》く。

そしておもむろに広い地下実験場の奥へと歩いていく。

何をするつもりなのかと身構えていると、ノーネームは奥にあった扉を壊して中へと入った。

「扉を開けるという発想がないのか……」

「豪快ですね……」

その行動に俺とフィーネが呆《あき》れていると、ノーネームは目的の物が見つかったのか、片手に何かを持って戻ってきた。

そしてノーネームはその目的の物を俺に投げ渡す。

「これは……」

「宝玉のついた腕輪です。魔力が蓄積されており、それで魔導師の負担を肩代わりするアイテムですね。あなたならご存じでは？」

「もちろん知っているが……これだけの魔導具は貴重品だぞ？」

「使っていただいて結構。なんなら扉の奥にある物もあげます。冥神《ディス・パテル》にも好みがありまして。動いているモノじゃないと魔力吸収の効率がよくないんです。そういう魔導具は私には不要なんです」

本当に魔剣のこと以外は無頓着なんだな。

きっとノーネームが壊した巨大な鎧《よろい》人形は、あの扉の奥にある数々の実験物を守っていた。

しかし、ノーネームの興味はそこにはない。どれだけ貴重品であっても魔剣のレベル上げに役立たないならガラクタと変わらないといった様子だ。

俺にとっては悪くない提案だ。ノーネームの協力も取り付けられ、貴重な魔導具まで貰《もら》える。

しかし、ノーネームと戦うのは気が進まない。

「どれだけ俺と戦いたいんだ？」

「あなたと戦いたいわけじゃありません。冥神《デイス・パテル》の現状位置を知りたいんです。それに、後日となるとあなたは転移で逃げてしまうかもしれませんから。適当に誤魔化《ごまか》されてはかないません」

今なら真面目に相手をしてくれるでしょう？

そう言ってノーネームは冥神《デイス・パテル》を俺に突きつける。

これは相手をしないと解放してはもらえなそうだな。

「フィーネ嬢。先に帰っていてもらえるか？」

「ですが……」

「君がいては戦えない」

「……わかりました」

食い下がろうとするフィーネだが、俺の言葉を聞くと諦めて一歩下がった。

申し訳ないが、怪我《けが》でもされたら査問どころではない。

俺はギルド本部への転移門を開く。

「……お怪我がないことを祈っています」

「なるべく努力しよう」

そう言ってフィーネは転移門に入って、ギルド本部へと戻っていた。

残されたのは俺とノーネーム。

俺はため息を吐《つ》くと腕輪をつける。

やれやれ。ここまでSS級冒険者たちとの正面衝突は避けてきたんだがな。

こいつだけは避けられなかったか。

「ノーネーム。一つ言っておくぞ？」

「なんでしょうか？」

「その仮面を剝《は》がされても文句は言うなよ？」

「望むところです」

瞬間。

俺とノーネームの魔力が膨れ上がり、地下実験場が揺れ始めた。

■■■

「行きます」

そう言ってノーネームは俺の懐に踏み込んでくる。

躊躇《ちゅうちょ》なく振られる冥神《デイス・パテル》に対して、俺は幾重もの結界で対抗した。

冥神《デイス・パテル》と結界が激突し、冥神《デイス・パテル》は紙のように結界を裂いていく。

結界じゃ受け止められないと判断し、俺は冥神《ディス・パテル》に向かって魔法を放った。

《迸《ほとばし》れ、血雷――ブラッディ・ライトニング》

血のようにどす黒い巨大な雷が、俺へと迫る冥神《ディス・パテル》にぶつかって爆発を起こす。

その衝撃で地下実験場は激しい揺れに晒《さら》される。

これはノーネームが満足するのが先か、実験場が崩壊するのが先かの勝負だな。

爆発の風圧に乗る形で地面を蹴り、距離を取った俺は爆発で立ち上った煙に目を向ける。

あの程度で怯《ひる》む奴《やつ》でもないだろう。

案の定、ゆっくりと煙の中からノーネームが現れた。もちろん無傷だ。

「どうでしょうか？　聖剣と比べてみて」

「今のままじゃ比べ物にはならんな。勇爵家の神童が聖剣を握って、あの距離で攻撃してきたら俺は無事では済まん」

「なるほど。やはり聖剣は恐るべしですね。さすがです」

言いながらノーネームは冥神《ディス・パテル》に魔力を集めていく。

口では称賛しつつ、全然負けているつもりはないって様子だ。

実際、ノーネームの力はこの程度じゃない。

〝空滅の魔剣士〟なんて呼ばれているのは、冥神《ディス・パテル》を振るうだけで空間内のすべてを討滅してきたからだ。

ノーネームが本気を出せばこの実験場にいた鎧人形なんて形も残らないだろう。

さきほどの一撃も相当手加減をした一撃なのは間違いない。

冥神《ディス・パテル》の全容はわからないが、そのタイプはわかっている。リンフィアの魔剣のように姿形を変えたり、イグナートの魔剣のように属性を操るわけでもない。

小細工はなし。聖剣と同じく圧倒的な力と魔力で敵を滅する。それが冥神《ディス・パテル》の本質だ。

しかし、ノーネームは魔力を集めつつも、放出する体勢を取らない。

「どうした？　この場に配慮していたらいつまでも終わらないぞ？」

「配慮をやめたら即崩壊するのはわかっていますから。その前にあなたの意見を聞かなければいけません」

「どんな意見だ？」

「私の剣士としての力量がエルナ・フォン・アムスベルグと比べて――劣っているかどうかです」

完全に背後を取られた。

周囲に張っている結界の探知速度すら上回る速度で動いたか。

咄嗟《とっさ》に俺は右手に膨大な魔力を纏《まと》わせる。

その右手で振り向きざまに冥神《ディス・パテル》を受け止める。

「さすがシルバーですね」

「その言葉をそのまま返そう。この手は使いたくはなかった」

今、俺の魔力は大部分が右手に集中している。だからこそ、冥神《ディス・パテル》を受け止められるわけだが、これは俺に向いている戦い方じゃない。

右手に魔力を集中させれば、それ以外の防御は疎《おろそ》かになる。

俺が一流の体術使いならまだしも、どれだけ強化しても俺のセンスのなさは治らない。

右手がいくら名剣に変わろうと、使い手はしょぼいままなのだ。

だからこそ、俺はその場から距離を取ろうとする。

させまいとノーネームが肉薄してくる。それをけん制するため、俺は詠唱なしで魔法を放つ。

小さな魔力の光弾が俺の周りに無数に出現し、ノーネームに高速で向かっていく。

本来なら一対多のときに使う魔法だが、ノーネームの足止めならばこれくらいの数は必要になる。

しかし。

「ちっ……！」

「芸達者ですね」

言いながらノーネームは一つも受けることはせず、すべてを躱《かわ》して俺に迫ってくる。

それでも俺とノーネームの距離はあまり変わらない。まだまだノーネームの距離だ。

これだけ無数の魔法を放っているのに足止めにもならないか。

さすがに聖剣を超えようとするだけはある。それは勇爵家を超えることに他ならない。

つまりこいつの目指す先はエルナの打倒。

「認めよう。お前の目的は夢物語ではないと――だが、まだ女勇者のほうが強い」

そう言って俺は指を弾《はじ》く。

さきほど、爆風に乗るために地面を蹴ったとき。

すでに設置型の結界を設置していた。

その名は光柱結界。

ノーネームは地面から突き出した光の柱に捕らわれた。

範囲が狭く、対個人用の結界のため使い道はあまりない魔法だが、強敵相手にはなかなかどうして使える。

さて、距離を取らせてもらおうか。

そう言って俺は悠々とノーネームから距離を取ったのだった。

俺が距離を取り終わった頃、光の柱が砕け散って中からノーネームが出てくる。

いともたやすく破ってくれるもんだな。

清々《すがすが》しさすら感じる。

「不意打ちの結界で足止めした程度で、何がわかったというんですか？」

「その結界よりも強力な結界を完全な不意打ちで発動したのにもかかわらず、アムスベルグの神童は逃れてみせた。俺は剣士じゃないから細かい剣技のことはわからないが……反応速度、直感、読み、危機察知能力。そういう点でお前はアムスベルグの神童には及ばない」

同じ武器を持って戦った場合、差がつくのは身体能力や技術だ。

エルナにしろ、ノーネームにしろ、身体能力や技術は大陸屈指なのは間違いない。多少の差はあるかもしれないが、勝負を分けるほどじゃない。

だが、攻撃に対する反応はエルナのほうが優れている。これは勝負を分けるには十分な差だ。

吸血鬼と戦った時、エルナは呪鎖結界から逃れてみせた。今のところ、俺の呪鎖結界が捕まえられなかったのはあいつだけだ。

ましてやあの時、俺とエルナは共闘していた。不意を突かれたことは間違いない。なのに捕まらなかった。

それがエルナの凄《すご》いところであり、脅威であるところだ。

受け継がれてきた勇者の血によるものか、潜《くぐ》り抜けてきた厳しい鍛錬や実戦の成果なのか。

どちらにせよ、戦闘モードのエルナに不意打ちはほぼ効かない。

「なるほど。防御という点で私は劣るということですね」

「剣技についてはエゴール翁《おう》に聞くんだな。そこまで差はないだろうがな」

といっても、聖剣を持ったエルナと剣技勝負になることはあまりないだろう。

小手先の技術など必要ないからだ。

超強力な一撃同士の打ち合いになることは間違いない。

それはノーネームもわかっているんだろう。防御で劣ると言われて、悔しがることはしない。

大事なことではあるが、それよりも重要なことがあるからだ。

「では、攻撃も見てもらうとしましょう」

そう言ってノーネームは冥神《ディス・パテル》を上段に高く構えた。

それに対して俺も防御の準備と転移の準備を開始する。

間違いなく、この実験場は崩壊するだろうな。

そんな風に思っていると冥神《ディス・パテル》の魔力がどんどん高まっていく。

周囲から魔力を集めているという感じじゃない。冥神《ディス・パテル》の内側から魔力が溢《あふ》れ出《で》てきているといった感じだ。

その濃厚な威圧感は聖剣にも負けていない。

その力は四宝聖具にも匹敵することは間違いない。

だが。

「大したものだな。長年の研鑽《けんさん》の集大成。人の執念を感じるよ。しかしな、聖剣は四宝聖具の中でも別格。星が生み出した最強武器だ。その程度じゃ勝てんぞ？」

「言ってくれますね。ですが、まだまだ全力じゃありませんから」

そう言って冥神《ディス・パテル》から黒い影が溢れ出す。それはノーネームの周囲を取り巻くと、やがては冥剣へと集束していく。

一点集中の攻撃か。

おそらく冥神《ディス・パテル》の最高出力。

防ぐのは容易ではない。

だからといって喰《く》らうわけにもいかない。

《その盾は天を覆う神盾・叢雲《むらくも》のごとく天空を守護する・全天に普《あまね》く存在し霞《かすみ》のごとく消え

ていく・すべてを包みすべてを覆う・それは守護の代名詞・すべての弱者のために創られた・ゆえに神すら破ること能《あた》わず・ゆえにその盾は無敗無敵・その名は――ファーマメント・イージス》

詠唱を終えると、俺の前に雲を纏った蒼《あお》と銀の大盾が出現した。

古代魔法にはいくつも防御魔法が存在するが、イージスと名のつく魔法は高い防御力を誇る。そのイージスの中でも最硬の強度を持つのがこのファーマメント・イージスだ。

海竜レヴィアターノのブレスを受け止めたイージスよりもなお強力で、俺が使える防御魔法の中では三本の指に入る。

聖剣を防げるかどうかは怪しいところだが、冥神《デイス・パテル》ならば防げるはずだ。

俺の直感が告げている。冥神《デイス・パテル》は聖剣には及ばない。

それはつまり、ノーネームは俺の幼馴染《おさななじみ》には及ばないということだ。

「さすがはシルバー。遠慮なく全力を出せます！」

そういうと冥神《デイス・パテル》が赤黒く輝く。

集束していた黒い影が出口を求めて暴れているのがよくわかる。

「冥神《デイス・パテル》よ、我が声を聴け――汝《なんじ》は冥府の宝剣・影を纏いてすべてを滅する・汝の主が今、冥滅を望む！」

ノーネームが上段から大きく冥神《デイス・パテル》を振り下ろす。

そして。

「冥影集斬!!」

黒い影の奔流が俺に向かってくる。

それを受け止めるのは蒼と銀の盾。

黒い影の奔流は盾を突き破ろうと直進してくるが、蒼と銀の盾はブレることなくその場に存在し続ける。

激突はいつまでも続く。しかし、結果は変わらない。

黒い影の奔流が蒼と銀の盾を貫くことはない。

やがて奔流は徐々に勢いを無くしていく。

その中でも盾は輝きを失わず、不動の姿勢を崩さない。

しばらくして奔流は消え去ったが、盾はビクともしていなかった。聖剣が相手ならこうはいかなかっただろう。間違いなくヒビが入り、最悪押し負けていた。

「お前は勇者には及ばない。冥神《デイス・パテル》も聖剣には及ばない。それが俺の答えだ、ノーネーム」

「……」

盾は消え去り、俺の前には冥神《デイス・パテル》を構えたまま黙っているノーネームのみとなる。

さすがにショックだったのだろうか。明らかに今までと雰囲気が違う。

動揺が手に取るように伝わってきた。

そんなノーネームには悪いが、俺の仕込みが発動する。

「ああ、そうそう。最初に言ったとおり、文句は言わないでくれ？」

「なんの……⁉」

ノーネームは咄嗟に体を捻《ひね》る。

突然、光弾がノーネームに向かってきたからだ。

ノーネームを足止めするために放った光弾のいくつかは、バレないように隠していた。

動揺していたうえに、全力の一撃を放ったあとのせいか、ノーネームの反応が少し遅れる。

それを見逃さず、俺は光弾を操作する。

ノーネームの仮面を掠《かす》らせるような軌道を取ったのだ。

狙い通り、光弾はノーネームの仮面に掠り、その仮面をずらす。

多少のことではビクともしない仮面だろうが、相手は俺の光弾だ。仮面をずらすくらいの力はある。

「ほう？　これは驚いた」

「っっ⁉⁉」

仮面がズレてノーネームの素顔が少しだけ垣間見《かいまみ》えた。

顔の一部しか見えないが、白い肌、紅《あか》い瞳、そして銀色の髪。

ハッとするほど美しい少女の顔がそこにはあった。

半世紀以上もSS級冒険者をやっているのに、いまだに若々しいのは種族由来なのか、それとも違う理由なのか。

気にはなったが、聞いても答えてはくれないだろう。

仮面を戻したノーネームが俺に敵意を向けるが、時間切れだった。

「潮時だな」

俺の言葉と同時に地下実験場は崩壊を開始したのだった。

せっかくの報酬が崩落に巻き込まれても困るため、俺は魔導具が眠る扉付近を結界で囲い、自分には転移門を準備する。

そしてノーネームに肉薄すると、その腕を摑《つか》んだ。

「なにを⁉」

「脱出に決まっているだろ？」

馬鹿なことを聞くなと鼻で笑いながら、俺はノーネームと共に転移門に入ったのだった。

俺とノーネームが転移したのはダンジョンの外だった。

俺に腕を摑まれていたノーネームはすぐに俺の腕を振り払う。

「助けたというのに酷《ひど》い扱いだな」

「助けてと言った覚えはありません」

「それは残念だ。報酬よりも優先したというのに」

言いながら転移門を開き、結界で守った魔導具たちを取りに戻る。

とりあえず貴重そうなのは自分で持ち、その他高値で売れそうなものを転移門を通して地上に放り投げていく。

それから少しして。

あらかた中の魔導具を移動させた後、俺は転移門から地上に戻った。

「意外だな。まだいたのか？」

「どこかに去ったほうがよかったですか？　私が姿をくらませたらあなたが困るのでは？」

「別に困らん。お前が評議会に協力しないだけでも十分だからな。万が一、俺と敵対するなら仮面の下の事実をギルド中に公表するだけだ」

「……それは脅しですか？」

「取り方は任せる。ただ、仮面を被《かぶ》っているということはバレたくないんじゃないか？　色素の薄い髪に病的に白い肌。とある亜人の特徴に合致するが、なぜかその亜人の最大の特徴は見えなかった」

亜人である吸血鬼最大の特徴は尖《とが》った犬歯だ。

先ほど、ノーネームの口元も見えたがその特徴が見えなかった。

一体、それはどういうことなのか？

「それ以上は言わず、考えないことです。シルバー」

「なるほど。ではこれも追及しないほうがいいか？　お前は本当にノーネームか？」

「……どういう意味です？」

「聞いていた話と少し違うのでな。あのエゴール翁も含めて、多くのギルド関係者がノーネームのことを慎重で謎が多いと言っていた。だが、今回のことはとても慎重とは思えんし、俺に仮面を剝《は》がされるような奴《やつ》が謎が多いというのも納得いかん」

ノーネームとエゴールはそれなりに長い付き合いのはずだ。

そんなエゴールに謎が多いなんて言わせるなんて、とんでもない奴だ。あの老人は実力だけはSS級冒険者の中でも別格の化物だからな。

くわえて戦ってみた感じから、老練さが感じられなかった。どちらかといえば若さすら感じた。

聞いていたノーネームと実際のノーネームにはギャップがある。

「再度問おう。お前は本当にノーネームか？」

「……私がノーネームです」

「そうか」

これ以上は無駄か。

そう言い張るならこの話も終わりだ。

「わかった。当初の約束どおり、この魔導具たちは俺が貰《もら》う。査問に出席する気はあるか？」

「約束は約束です」

「律儀だな。俺が仮面を外されたらとても協力する気にはなれん」

「……そう思っているならなぜ私の仮面を狙ったんですか？　協力してほしかったのでは？」

「悪いな。俺は余裕を見せている相手から余裕を奪うのが好きなんだ」

仮面の中でニヤリと笑う。

それをノーネームは感じ取ったんだろう。

不機嫌そうに顔を逸《そ》らした。

そんなノーネームに苦笑しつつ、俺はギルド本部への転移門を開いた。

「お前は他の奴らと違って、大人しくできるだろ？　査問の日までフィーネ嬢のところにいてくれ。また転移門を開いて迎えに来るのは面倒だ」

「言い方は不服ですが、いいでしょう。私も捜しに来られるのは面倒です」

そう言ってノーネームは転移門へと入ろうとする。だが、それを俺は呼び止めた。

「ちょっと待て」

「なんですか？」

「持っていくのを手伝え」

そう言いつつ、返事は待たずいくつかの魔導具をノーネームにおしつけた。

ノーネームはその行動に舌打ちをするが、何か言うだけ無駄だと思ったのか、無言でそれを持って転移門へと入っていったのだった。

「やっぱり若いな……」

長寿の亜人というのも考えられなくもない。彼らは長寿ゆえに人格形成にも人間よりも時間がかかることのほうが多い。もちろん個人差はあるが。

しかし、エゴールの評価を聞くとそれは薄い気がする。たまたま俺を相手に油断したとも取れるが、冥神《デイス・パテル》が俺に防がれた程度で動揺する奴を慎重で謎が多いとは言わないはずだ。

なにせ冥神《デイス・パテル》は成長する魔剣。

俺に防がれたなら勇者にはまだ及ばない。もっと成長させなければいけない。

そう思考を切り替えられないなら長年、冥神《ディス・パテル》を成長させることはできないはずだ。いちいち引きずってもしかたない。

ましてや全力攻撃の後で、俺は健在。反撃を警戒するのは歴戦の戦士なら当然のことだ。

そういうことを加味すると、導き出されるのは一つ。

「二代目か、もしくはもっと代を重ねているか」

二代目なら初代の目標を受け継いだのかもしれない。

もっと代を重ねているなら闇はより深い。

子孫か弟子か。どちらかで冥神《ディス・パテル》の成長を続け、聖剣超え、勇者打倒を悲願としてきたということだ。

より強く、より先へ。それを支える何かがあるはずだ。

執念なのか怨念なのか。もしくは違う何かか。

「犬歯のない吸血鬼……」

嫌な予感がよぎる。

最大の特徴が一致しないのは、きっと血が薄いから。

ミックス、もしくはもっと薄いか。

もしも――もしも、だ。

より強くなるために、色んな血を取り込んでいるとしたら？

勇爵家はその血を守ってきた。それに対抗するために、強い血を取り込み、子孫に悲願を託してきたのだとしたら。

「まるで皇族だな」

馬鹿げた一族がまだあったとするなら、それは悲しむべきことだろう。真剣である分、より性質《たち》が悪い。

真剣さの分だけ、成果が出ている。出てしまっている。

目標に近づけているとわかっていれば、人は動けてしまうものだ。

否定はしない。馬鹿が正解を導くことなんていくらでもある。馬鹿だ馬鹿だと思っている方が間違っていることもいくらでもある。

だが、険しく果てしない道を歩くのはいかがなものだろうか。

ましてや子孫にまで歩かせるのは酷というものだと思うのは、間違っているだろうか。

大陸のすべての人を守りたい、救いたい。

大陸最強の勇者と聖剣を超えたい。

どちらが馬鹿げた目標だろうか？

「やれやれ……甲乙つけがたいな」

困ったもんだ。真剣な馬鹿が多いというのも。

そんな風に思いつつ、俺は転移門をくぐったのだった。

10

フィーネの宿屋に戻った俺は、騒然としている近衛《このえ》騎士たちに首を傾《かし》げる。

「どうした？　何かあったか？」

「うん、あったよ。あなたの転移門からＳＳ級冒険者のノーネームが出てきて、勝手に部屋へ入っちゃったんだよ」

「常識のない奴め。一言借りると言えないんだろうか」

「常識がある人は勝手に他人を宿屋に転移させないんだよ？　わかるかな？　ここ、フィーネ様のために貸し切ってるんだよ？」

「それは知っている。さすがに貸し切りじゃない場所に転移はさせない。他の客に迷惑だからな。ああ、査問までの間、ノーネームはここにいるから食事の手配を頼む」

「……」

素直に頼んだのにイネスは呆《あき》れたようにため息を吐《つ》いた。

ほかの近衛騎士からも駄目だこいつという視線を向けられている。

なぜなのか。

あ、なるほど。

「安心しろ。俺は別のところに泊まる」

「当たり前だね。あなたにまで泊まられたら私たちが過労で死んじゃうよ」

「そうか？　俺とノーネームがいれば護衛は必要ないと思うが」

「あなたたちが一番危険なんだけど、言ってもわからないかなぁ。とりあえず、ノーネームが魔導具を置いていったんだけど？　あれ、どうするの？」

イネスはそう言って廊下に無造作に置かれた魔導具を指さす。

貴重な魔導具を床に置くとは。価値のわからない奴め。売ればいい値段がつくのに。

「帝都まで運んでおいてくれ。俺の報酬だ」

「なんであなたの報酬を私たちが運ばなきゃ駄目なのかな？」

「どうせ帝都に戻るんだからいいだろう？」

「あなたも戻るでしょ？　しかも一瞬で」

「まぁ運べないことはないが、ここから帝都までの転移門をそれなりに持続させるのは魔力が勿体無い《もったいな》い。だから運んでおいてくれ」

「近衛騎士を便利屋みたいに使わないでくれるかなぁ……」

イネスはそう言いつつも、部下に運んでおくように指示を出す。

柔軟なのは良いことだ。非常に助かる。

「丁重に頼むぞ？　ダンジョンからの戦利品だからな」

「ダンジョンからの戦利品って……あなたどこに行って、何してたの？」

「皇国内にあるダンジョンの中でノーネームと一戦交えただけだ。ダンジョンは崩壊したが、魔導具は無事回収できた。危ないところだったがな」

「〝だけだ〟？　お願いだから帝国内では絶対にやらないでね？」

「当たり前だ。帝国内の貴重なダンジョンは壊したりしない」

「ダンジョンを壊したことを言ってるんじゃなくて、ＳＳ級同士で戦闘になったことを言ってるんだけど？　わかるかな？」

「ただの手合わせだ。気にするな。周りには十分配慮している」

「ただの手合わせでダンジョンを壊すのはＳＳ級冒険者くらいだよ」

「失敬な。帝国の女勇者だってそのくらいはするだろ？」

「エルナはあなたとは違って、それなりの常識を持ってるよ」

「あの女に常識だと……？」

俺の中で常識のない女といえばエルナなんだが……。

きっとイネスはまだ付き合いが浅いからわからないんだな。

可哀想《かわいそう》に。これから振り回されることになるんだ。

心の中でイネスに同情しつつ、俺はフィーネの部屋へ向かったのだった。

■■■

「お帰りなさいませ」

「ああ、ただいま……」

部屋に入り、結界を張ると俺は椅子に倒れこむようにして座る。

さすがに疲れた。ノーネームだけじゃなくて、ここまでの疲れが一気に来た感じだ。

短期間にＳＳ級冒険者四人と会うというのは心労が半端じゃない。

「イネス隊長がノーネームさんが来たと言っていましたが？」

「ああ、約束は守ってくれるみたいだ。査問までここに置いておいてくれ」

「わかりました。ほかの方たちはどうされるんですか？」

「査問の日に迎えにいく。忍ぶという言葉とは無縁な奴らだからな」

「リナさんは賑《にぎ》やかでしたからね。他の方も賑やかなんでしょうね」

あれを賑やかと評するとは、フィーネは大したもんだな。

そんな評価はきっとレオでもできないぞ。

フィーネはやはり大物だな。

そんな風に思いつつ、俺は仮面を外そうとして思いとどまる。

「……やめておこう。仕返しが怖いからな」

「仕返しですか？」

「ああ。ちょっとノーネームの仮面を剝《は》いじゃってな」

「はい？　なぜそんなことに……？」

「これは俺の悪い癖だと思ってるんだが……俺は余裕をかましている奴の足をすくうのが好き

なんだ。その癖がつい出てしまった」

「協力を求めにいったのに怒らせてしまったのですか？　あ！　でも、結果的にこちらに来ていただけましたし、むしろよかったのでは？　やっぱり秘密を知っていてもらうというのは、心が楽ですし」

フィーネが手を叩《たた》いてそんなことを言った。

確かに俺もセバスとフィーネという秘密を知る人がいる。

ノーネームにもそういう人物が必要かもしれない。

「なるほど、一理あるな。やっぱり秘密をため込むとパンクしそうになるしな。俺もそういう時期があった」

「はい！　なので、ノーネームさんと仲良くなりましょう！」

「仲良くか……でもなぁ、なんか色々と訳ありそうなんだ」

「訳あり？　ではなおさら支えが必要では？」

「確かにそうだ。暴走されても困るしな。けど、女の子なんだ」

「女の人だったんですか？　だったら私も協力できるかもしれません！　女性とお友達になるのは得意です！」

「女性っていってもSS級冒険者だぞ？」

「慣れてます！」

「そっか。なら親しくしてやってくれ。あっ……俺が色々話したのは内緒な？」

「大丈夫です！　女性だと知らない感じで話しかけるので」

自信ありげに両手で拳を作るフィーネを見て、俺は何度か頷《うなず》く。

フィーネがノーネームと親しくなってくれれば、俺への敵対心もなくなるだろうし、失敗してもリスクはない。

とりあえず任せるとするか。

上手《うま》く仲良くなってくれれば色々と聞き出せるかもしれない。

ノーネームとしても打算を働かせて、フィーネとは仲良くなることも考えるだろう。フィーネはエルナに近い存在だからな。

顔を見れたとはいえ、謎が多いことには変わりない。色々と探ってくれるなら助かる。

「それじゃあ任せた。俺は査問の日までクライドの屋敷にいる。査問の日を決めた以上、向こうからこれから大きな動きをすることはないだろうが、一応、評議員たちに会うようにしてくれ」

「警戒させないためですね？」

「そうだ。こちらが焦っているように見せれば、油断してくれるだろう。どうせなら驚いてもらわないと。ＳＳ級冒険者がすべて集まるなんてめったにないからな」

そう言って俺はニヤリと笑う。

俺を査問する立場として、余裕をかましている評議員どもの度肝を抜くのはさぞ気分がいいはずだ。

自分たちは絶対に大丈夫な位置から俺を攻撃する気満々だろうが、そうはいかない。

他者を追い詰めるなら、反撃を警戒するべきだ。

ましてや相手はSS級冒険者。

攻撃するなら身の破滅くらいは覚悟してもらおう。

「楽しみだな」

「あんまりにも酷《ひど》いことは控えてくださいね？」

「向こうの出方次第だな。まぁとりあえず、俺の査問なんか言い出した奴《やつ》らは全員、評議員の椅子から降りてもらおう」

「それには大賛成です！」

ムッとした表情をフィーネは浮かべる。

フィーネはフィーネなりに鬱憤が溜《た》まっているらしい。

それもあと少しだ。

覚悟してもらおうか。ギルド評議会。

第二章　査問会議

Episode 2

1

ついに査問の日がやってきた。

俺は査問のためにギルド本部・バベルの上階にある評議会室に呼び出された。

すでに準備は整っているため、転移で評議会室に向かう。

「これはこれは。全員お揃《そろ》いのようだな。遅刻か？」

「いや、時間どおりだよ。シルバー」

そう言ったのは金髪の男。

小太りで眼鏡をかけており、眼鏡の奥の目は微《かす》かに笑っている。

俺から見て円卓の一番向こう側に座っているその男の名はトロシン。

冒険者ギルドを率いる〝ギルド長〟にして、評議会議長だ。

その右横には〝副ギルド長〟のクライド。左横には酷く痩せている長身の男。不健康そうな顔色ながら、俺を厄介者のように睨《にら》んでいる。

大陸全土のギルドを監査し、ギルドの秩序を保つ〝監査長〟。俺の査問を提案した張本人。名はピットマン。ギルド長であるトロシンの腰巾着とも言われており、今の役職にあるのはトロシンのおかげであるのは公然の事実だ。

その他の評議員はギルドの事務を引き受ける〝事務長〟に、各国との調整を主とする〝外務長〟、そして本部を統括する〝本部長〟。

計六人がギルド評議会の面々だ。

そして俺の査問には六人中五人が賛成した。

なぜか？

ギルドで最も影響力を持つトロシンが査問に賛成したからだ。あえて逆らう奴はクライドくらいだ。

クライドは現場の冒険者からたたき上げで今の地位についたが、それはクライドがギルド職員並みに頭がよく、仕事ができるからだ。

ギルドという巨大組織を運営する以上、上にいけばいくほど現場での働きとは違うスキルが要求される。そのため、今の評議会の面々はクライド以外は全員がギルド職員出身だ。

現場を知らないわけじゃないが、現場から遠いことは間違いない。

しかし、現場の冒険者がギルドの運営をできるか？　と言われれば答えはノーだ。だからギルド職員が上に行くことにこれまで不満は出なかった。

実際、ギルド職員出身者が固まっていても、ギルドは適切に運営されていた。どの時代の評議会も現場の最高峰であるＳＳ級冒険者には敬意を払い、決して無下には扱わなかった。それがギルドのためだからだ。

だが、今のギルド長であるトロシンは違う。大陸全土に支部を持つ巨大組織・冒険者ギルドのトップとしての能力はある。

実際、トロシンの代になってから支部は増設され、大陸に対するギルドの影響力は増した。

それはトロシンの成果だが、トロシンはギルド長になるときに自らに従わない者は閑職に追い込んだ。そこからわかる通り、トロシンは自らに従わない者を許さない。

だからトロシンにとって、ＳＳ級冒険者というのは許容できない存在なのだ。

「ではシルバーも到着したことですし、シルバーの査問を始めたいと思います」

俺はトロシンの真向かいに座りながら、ピットマンの言葉を聞く。

ピットマンは確認のために、残りの評議員に異論はないことを訊《たず》ねる。

それに対してクライドが手を挙げた。

「少しいいか？」

「なんですか？　副ギルド長」

「今からでも遅くはない。査問を取りやめないか？」

「まだそんなことを言っているのですか？　これは決まったことです」

「ＳＳ級冒険者を査問にかけるなんて聞いたことがない。評議会とＳＳ級冒険者のバランスが崩れるぞ？」

クライドの言葉に評議員たちは顔をしかめる。

彼らだってそのくらいの懸念は抱いている。

だが。

「クライド君。私は今までのほうがおかしいと思うのだよ」

「どういう意味です？　ギルド長」

「ギルドの運営は評議会によってなされる。その評議会がSS級冒険者に何も言えないというのはおかしいと思わないかね？」

「SS級冒険者はその他の冒険者とは違うんです。ギルド長」

「理解しているよ。だが、冒険者であることには変わりない。私がギルド長となったからには、SS級冒険者には不干渉というくだらない慣習は壊させてもらう」

そう言ってトロシンは俺に目を向ける。

トロシンの目論見《もくろみ》はわかっている。

俺を査問し、その行いについていろいろと文句をつける。そしてそれを利用して俺の行動や権限に制限を設ける気だ。

きっと俺は始まりにすぎない。俺という前例を作り、いずれはすべてのSS級冒険者を評議会の管理下に置こうとするだろう。

しかし、トロシンはわかってない。

組織の下につかない奴らがSS級冒険者であり、そいつらをなんとか戦力として使うためにSS級冒険者というものが作られた。

評議会の下にSS級冒険者が置かれていないのは、そういうことだ。冒険者とついているが、SS級冒険者は別枠なのだ。

要請があれば動くが、それ以外は自由に動く。それでいつの時代の評議会も納得していた。要請に従うということ自体が、SS級冒険者にとっては妥協だと知っていたからだ。

トロシンは理解していると言ったが、その理解は浅い。

「シルバー。査問前に何か言うことはあるかな？」

「査問理由について確認したい。構わないか？」

「もちろんだ。ピットマン君」

「はっ！　SS級冒険者シルバーは帝国に対する過度な肩入れが見受けられ、帝国第三皇子ゴードン・レークス・アードラーの反乱時には、連合王国が投入した聖竜を二体も討伐していま す。さらに、それに乗じて国境付近まで侵攻していた王国軍と藩国軍に対して、長距離魔法による牽制《けんせい》を仕掛け、その足を止めています。これはあまりにも目に余る行為です。よって、シルバーの査問は妥当と考えます！」

以上とばかりにピットマンがトロシンに目配《めくば》せしたあと、俺を睨む。

ピットマンは各地の支部を回る監査官を束ねており、その報告からSS級冒険者の問題行動には多く触れている。

そのせいでSS級冒険者に対する敵愾心《てきがいしん》は評議会の中でも人一倍強いのかもしれない。

まぁ、あいつら常識ないしな。あちこちで問題を起こす率は俺の比じゃない。

「だそうだ、シルバー。納得できたかな？」

「納得？　全くできんな。逆に聞かせてもらいたい。あの時、俺はどうするのが正解だったと？」

「ギルド本部に連絡を取り、我々の判断を仰ぐべきだった」

「ふっ……その間に大勢死ぬぞ？」

「仕方ない犠牲だ。SS級冒険者は一人で軍に匹敵する。加担すれば加担した側が勝つ。今回の君の行動のように、な。そうなればやがて冒険者ギルドは信用を失うだろう。ゆえに君の行動は見過ごせない。ギルドは常に中立なのだ」

「常に中立だと？　ならば俺の行動は当然だと思わないか？　ギルドが連合王国の竜たちを守護聖竜として、討伐対象から外すことを認めたのは自国の防衛のみに専念させるためだ。それを侵略に用いた。だから討伐し、それに乗じた軍も牽制した。なにか問題が？　ギルドの面子《メンツ》を守ったつもりだが？」

「その判断を君個人がすることが問題であるし、守護聖竜はまだ帝国を攻撃していなかった」

「国境を越えれば攻撃したも同然だ」

「連合王国の話では、興奮した聖竜が帝国内に入ってしまったそうだ。あくまで事故であり、竜騎士たちの努力で正気は取り戻していたとも言っている。攻撃の意思がない聖竜を君が刺激したのだと」

「手綱を握れてない連合王国が悪いな。脅威は事前に排除するのが冒険者だ」

「だとしても、ギルドが討伐しないと言った竜を討伐してしまった。しかもその結果、帝国は大きく利することになった。大陸全土の情勢に与えた影響は大きい。ギルドが帝国側についたと言われかねん」

「笑わせる。正直に言ったらどうだ？　諸外国から圧力が来て、それに屈したのだと」

俺の言葉にトロシンは微かに眉をあげる。

ピットマンは殺してやりたいといわんばかりの視線を向けている。

ほかの評議員たちは微かに不安そうな顔をしていた。

俺の余裕が不気味なんだろうな。

「まぁいい。査問理由は了解した。それに対する弁護人を呼んでも構わないか？　帝国大使のフィーネ嬢だ」

「構わない。帝国にも言い分はあるだろうからね」

そう言ってトロシンは許可を出す。

それを受けて、俺は自分の後ろに転移門を開く。

すると、そこからフィーネが出てきた。

だが、それだけじゃ済まなかった。

「やれやれ、やっと出番かの？」

「ちっ、酒が切れて調子が悪いぜ」

「それにしてはお酒くさいわよ？　ジャック。どうせ昨日、たっぷり飲んだんでしょ？」

「うるせぇ。あんなの飲んだうちに入らねぇよ。なぁジジイ？」

「そうじゃな。あの程度、飲んだうちには入らん。記憶はないが。わっはっはっは！」

「茶番はここまでです。さっさと終わらせましょう」

フィーネのあとに転移門から出てきたエゴールたちは、くだらない話をしながら円卓の席についていく。

その光景を見て、評議員たちは唖然《あぜん》としている。

当たり前だ。評議会の認識として、SS級冒険者たちが協力することはありえないというものがある。実際、癖の強いSS級冒険者が協力することは少ない。だから評議員と同じ権限も与えられている。集まって、何かすることはないと思われているからだ。

しかし、今回はした。

全員が席につく、ノーネームが口を開いた。

「いきなりはさすがに失礼でしたね。SS級冒険者ノーネーム。シルバーの査問に参加します」

「SS級冒険者リナも同じくよ～」

「SS級冒険者エゴールも同じじゃ」

「ったく、言わなくちゃ駄目なのかよ？　SS級冒険者ジャック。査問に参加してやる。ありがたく思え。このために朝は酒を抜いたんだからな」

全員が挨拶を終えると、評議員たちは表情を失っていた。

そんな彼らに対して、俺は円卓に両肘をついて告げる。

「さて、全員揃《そろ》った。査問を始めてもらおうか？」

トロシンの顔がわかりやすく歪《ゆが》んだのを見て、俺は仮面の中でニヤリと笑うのだった。

2

「き、貴様ら！　一体何しに来た⁉」

最初に口を開いたのはピットマンだった。

答えが決まっているのに、そんなことを聞いたのはきっと現実逃避に近いものがあるんだろうな。

「何しに来たって、さっき言ったじゃないの。シルバーの査問に参加しにきたのよ」

「貴様らを呼んだ覚えはない！」

「呼ばれなきゃ来ちゃ駄目なのかしら？」

「当たり前だ！　評議会は遊びじゃないんだぞ！」

「あら？　そうだったの？　ＳＳ級冒険者は評議会への参加権利と投票権を持っているっていうのを把握してないから、遊びでやってるのかと思ったわ」

「な、に……？」

ピットマンが絶句する。

あの様子じゃ本当に知らなかったんだろうな。

まぁ覚えておいても使うことのない知識ではあるからな、普通は。

「事実だ。ピットマン監査長」

「し、知っていましたよ！　か、彼らが知っていたことに驚いたんです！　馬鹿にしないでいただきたい！　もちろん知っていました！」

「それならいいんだ」

クライドに指摘されて、ピットマンが顔を赤くして、自分は知っていたと主張する。

そこをクライドは深く突くことはしない。そんなことをする必要がないからだろうな。

ぶっちゃけ、ＳＳ級冒険者が五人揃《そろ》った時点でこいつらは詰んでいる。

「ＳＳ級冒険者として、同じＳＳ級冒険者の査問には興味があります。ですから全員、参加します。どうぞ始めてください」

「わしは邪魔はせんよ。話を聞くだけじゃ。真っ当な話ならなんも言わん」

「俺も邪魔はしねぇよ。興味もねぇしな」

「興味がないなら来るんじゃない！　早く帰れ！」

「あぁ？　なんでてめぇに指図されなきゃならねんだ？　いいから始めろよ。シルバーが冒険者として間違っているなら、処罰すればいい。それを確かめるための査問だろ？　俺らがいてもいなくても変わらないはずだぜ？」

「それは……」

ジャックに睨《にら》まれてピットマンは顔を逸《そ》らす。

気弱と責めるのは気の毒だろう。ジャックに睨まれて目を見て話せる奴《やつ》はそうそういない。

そんな中、黙っていたトロシンが口を開いた。

「SS級冒険者諸君、よく集まってくれた。君たちがこうして一堂に集うとさすがに壮観だな。しかし、君たちが全員来るのは想定していなかった。申し訳ないが、今日は軽い事情聴取程度で済ませるつもりだ。査問は長引く。そこは了承してもらいたい」

トロシンはそう言って笑みを浮かべる。

なるほど。査問を長引かせる作戦か。

たしかにそれは有効だ。なにせSS級冒険者は大陸に五人しかいない。

それぞれが散っているのは、大陸中の異変に対応するためだ。まぁ、五人のうち二人はギルドですらほとんど居場所を把握できていないため、実質三人でカバーしているんだが。

そんなSS級冒険者が本部に集結し続けるというのは、大陸のバランスを考えればいただけない。

俺たち五人が同じ場所に長くいるのは良いことではないのだ。

しかし。

「了承なんてしないわ。今日中に終わらせて」

「無茶《むちゃ》を言わないでほしい。リナレス君」

「無茶を言ってるかしら？　私は無茶だと思わないわ。これまで時間があったんだもの。ちゃんと書類や情報は用意しているんでしょ？」

「もちろんだ。しかし、我々も査問にばかりかかりっきりというわけにはいかない」

「だから今日中に終わらせましょうって言ってるのよ。それとも今日中に終わらせられない理由でもあるのかしら？」

「いいかい？　リナレス君。ＳＳ級冒険者への査問は前例がない。これは慎重を期すべき案件だ。今日、早急に結論を出すのは危険だと思わないかい？」

「思わないわね。あなたもそう思わない？　フィーネ」

リナレスはフッと笑って俺の後ろに控えるフィーネに話を振った。

自分でもどうにかできるんだろうが、あえてフィーネに振ったな。

それに対してフィーネは慌てることもなく、静かに頷《うなず》いた。

「はい。私は帝国大使として素早い結論を求めます。シルバー様の行動が帝国に肩入れするという名目で査問が行われる以上、長引くのは帝国としては困ります。はっきりとした答えがない以上、帝国は冒険者を使いづらくなるからです。線引きとギルドの共通見解をいち早く出してください」

「それは帝国側の主張だ。フィーネ大使。我々が帝国に配慮する義理はない」

「なるほど。では、ギルドは大陸の安定を軽視するということですね？」

「……どういう意味かな？」

「そのままの意味です。大国とＳＳ級冒険者の関係性が問題なのに、それを先送りにする。それは大陸の安定を軽視することに直結します。今、ここで素早く結論を出さないならば、ギルドはシルバー様の肩入れを容認するということです」

「それは暴論では？」

「いえ、結論が出ない以上、そう取られても文句は言えません。長引かせているということは、その間にまた似たような問題が出ても放置するということ。素早く結論を出せば、ギルドの態度を大陸中に示すことができます。なぜそれをしないのか？　これを軽視と言わずしてなんと言うのですか？」

フィーネの言葉にトロシンは黙り込む。

対等の立場ならトロシンとしても反論できるんだろうが、今はフィーネのほうが絶対的に有利だ。

なにせ。

「しかし、ギルド長の言葉も理解できます。意見が対立した場合、評議会はどう決めるのですか？」

「あなたは評議員ではない」

「私たちが早期決着を望んでいるのよ。その論法は通用しないわ」

「……意見が対立した場合は熟考を重ねる」

「副ギルド長。他にはありますか？」

フィーネがクライドに話を振る。

クライドは肩を竦《すく》めながら答えた。

「対立した場合は熟慮するか、多数決ですね」

「じゃあ多数決でいきましょう。手っ取り早くていいわ。では素早い査問を望む人は手を挙げてちょうだい」

リナレスはトロシンが口を挟む暇も与えず、挙手を促した。

手を挙げたのは五人のSS級冒険者とクライドの六人。

多数決は決まった。

「決まりね」

「ふざけるな！　貴様らがSS級冒険者としての責務を果たしているならまだしも、エゴールとジャックは最近、どこにいるかも把握できなかったんだぞ⁉　そんな者に投票権があるわけがない！」

「じゃあ事前にSS級冒険者という肩書を取り上げるべきだったな。今になって言っても遅いぜ？」

「なんだと⁉」

「大人しく査問を開始しろよ。それしかお前たちに道はねぇよ」

「いや、そうでもない」

トロシンはそう言ってジャックの言葉を否定する。

そして俺のほうを見てきた。

「シルバー。君は査問される側の人間だ。君の投票は無効だ。そして票が同数の場合は、議長が決定を下す」

「それなら議長の票も無効だろうが」

「残念ながら、そういう決まりはないのだよ。では査問は慎重を期すべきだと思う者は手を挙げてほしい」

トロシンは鼻で笑いながら、挙手を促す。

それを受けて、リナレスが腹の奥から声を絞り出すようにして告げた。

「この場の評議員はよく聞きなさい。私たち冒険者は現場で命を賭けるわ。それを支えてくれるのがギルドの職員。そこに文句はないし、あなたたちがギルドの運営に携わるのは当然だと思うわ。けれど、現場で命を賭ける冒険者がモンスターを討伐して、そのことを理由に査問を開く以上は、そっちも覚悟を決めなさい。自分の命、民の命。それらを賭けて行動した冒険者の決定にケチをつけるんだから、命——賭けてもらうわよ？」

リナレスの視線はすべての評議員に向けられた。

手を挙げようとしていた本部長、事務長、外務長の手が止まる。

それをトロシンが目で非難するが、リナレスが一喝する。

「ゴチャゴチャと策を弄してないでさっさと掛かってきなさい!!　あんまり冒険者舐《な》めんじゃないわよ！　私たちは気が長くないのよ！」

「最近運動不足じゃからなー退屈で素振りしてしまうかもしれんなぁー」

「俺も久しぶりに稽古でもするか。どうせならデカい建物が派手でいいよな?」

「早く始めないなら私は帰ります。その後の後始末はご勝手にどうぞ」

ノーネームが止めてくれることを願って、トロシンは視線を向けるがノーネームはそう突き放す。

その脅しが決定的だった。

本部長、事務長、外務長は棄権を申し出た。

「賛成多数のようだな。では始めてもらおうか。俺も暇じゃないんでな。手早く頼むよ、ギルド長」

余裕《よゆう》綽々《しやくしやく》といった俺の様子を見て、トロシンとピットマンは同時に頬《ほお》をピクリと動かしたのだった。

3

「では……シルバーの査問を始めたいと思います」

ピットマンはトロシンのほうを窺《うかが》い、頷いたのを確認してからそう切り出した。

遅延工作はもう無意味と見たんだろうな。

何をしようと多数決で押し切られるならさっさと始めたほうがいい。

「今回の査問はシルバーの行動について、一つ一つ確認していきます」

当初より用意されていたであろう文章をピットマンは読み上げる。

この査問によって俺の行動がＳＳ級冒険者として不適切だったとされた場合、おそらく何らかの罰則が与えられる。

その罰則でもってトロシンたちは俺の行動を制限する気なんだろう。

「まず、御存じのとおり、帝国では現在帝位争いが行われております。この帝位争いを勝ち抜いた候補者が次期皇帝、皇太子となります。大陸三強の一つにして、大陸中央を制覇する帝国のこの帝位争いは大陸に与える影響が大きく、冒険者ギルドとしても注意を払っていました。その中でシルバーは候補者の一人、第八皇子レオナルト・レークス・アードラー殿下に肩入れしていると見受けられます。その証拠といたしましては」

「認めよう」

ピットマンが長々と証拠を挙げる前に俺はさっさとその事実を認めた。

まさかあっさり俺が認めるとは思わず、ピットマンは口を開けたまま固まってしまう。そんなピットマンに対してトロシンは咳払《せきばら》いで行動を促した。

「あ、そ、それではシルバー。ＳＳ級冒険者という立場でありながら、極めて重大な政争に加わったということで間違いないな⁉」

「そうだと言っている」

「これは明確な違反行為です！　ＳＳ級冒険者は軍隊にも匹敵する力を持っており、冒険者を代表する存在です！　ほかの冒険者ならいざ知らず、ＳＳ級冒険者が一つの勢力に肩入れすることはギルドと冒険者という存在の中立性を疑問視されかねない！　まったくもって軽率と言わざるを得ません!!」

ここぞとばかりにピットマンがまくしたてる。

それに対して俺は肩を竦めるだけだ。

嘘《うそ》をついても仕方ない。こういう場で嘘をつけば、その嘘を取り繕うためにさらに嘘をつく羽目になる。そもそも圧倒的有利な状況なのは俺だ。嘘をつく意味もない。

誰がどう見ても俺はレオに加担していると見える。その証拠をピットマンたちは持っているはずだ。それは一つ一つであれば大したことがないかもしれない。しかし、積み重ねれば考察材料になる。

結果的に肩入れしていると判断されるなら認めたほうがいい。

「シルバー。弁明はあるか？」

クライドが少し心配そうに俺へ訊《たず》ねた。

それに対して俺は一つ頷く。

「まず事実として俺はレオナルト皇子と協力関係にある。ここにいるフィーネ嬢を介して、幾度も情報を交換してきた」

「はい。間違いありません」

「では、もう決まったも同然だ！　シルバー！　貴様はSS級冒険者としてやってはならないことをやったのだ!!」

「吸血鬼」

ピットマンの決めつけに対して、俺は静かに告げた。

評議会の面々は何の話だとばかりに首を傾《かし》げている。

その様子に俺は苦笑しつつ、さらに続ける。

「海竜、悪魔、霊亀、聖竜。これが何のことかわかるかな？」

「自分が討伐したモンスターのことを言っているのか⁉　その手柄に免じて許せと⁉　そんなことが通ると思うな！」

「そう、俺が討伐した高ランクのモンスターだ。おかしいと思わないか？」

「何がだ⁉」

「いくらSS級冒険者といえど、僅かな期間でこれほどのモンスターと接触するのは異例ということか？」

クライドの言葉に俺は頷く。

その言葉に評議員たちは確かにという表情を浮かべた。

ここ最近、高ランクモンスターが多発したせいで麻痺《まひ》しているかもしれないが。

「本来、帝国は高ランクのモンスターがいない地域だ。出たとしても、大抵は討伐を逃れたモンスター。つまり他所《よそ》から流れてきたモンスターということだ。今あげたモンスターは年に一度でも帝国内で出れば大騒ぎなレベルだ。まぁ海竜は公国の領海内で起きたことだが、帝国が関わっていることには変わりない」

「だからどうしたというんだ⁉　モンスターがたくさん出たからといって政争に関わっていいと思っているのか⁉」

「そこだ。そう、このモンスターたちは帝位争いが本格化してから動き出している。正確には第八皇子レオナルトが帝位争いに名乗りをあげてから、だ。不思議なもので、レオナルト皇子はこのモンスターたちとすべて関わりがある」

当然といえば当然だ。大体の場合、俺とレオは同じ行動を取っているし、シルバーとして介入する場合もレオがピンチの時だ。

しかし、この短期間でレオが巻き込まれた問題は常軌を逸している。なぜそんなに巻き込まれるのか？

それはレオが帝位候補者だからだ。

「ここ最近の帝国での高ランクモンスター出現は、帝位争いが大きく絡んでいる。海竜はどうだか知らんが、まぁレオナルト皇子が公国に派遣されたら封印が解けるというのも出来すぎな気がするな。霊亀はどうだろうか？　偶然か？」

「どうじゃろうなぁ。あれは自然災害じゃからなぁ。まぁ刺激して結界を破らせた馬鹿者たちは何かしらの企《たくら》みに絡んでおるかもしれんのー」

「一応、それを抜きにしたとしても異常だ。当然、それに対処する俺も忙しい。魔力を回復するのにも時間がいるからな。そうである以上、正確な情報が必要になる。帝位争いに関わるレオナルト皇子とは、そういう情報交換をしていた。もちろん引き換えに彼が有利になるように立ち回ったが、帝国が未曾有の大混乱に陥るよりはマシではないかな？」

高ランクモンスター出現には帝位争いが関わっており、多くの場合、レオがそれに巻き込まれている。そんなレオから情報を貰《もら》っておけば、万が一のときにも動ける。その情報のためにレオに肩入れしたことは間違いないが、それは致し方ないことだった。

そういう流れで俺は話を進める。

それに対してピットマンは押し黙ってしまう。

どう突っ込みを入れるべきか迷っているんだろう。

そんなピットマンを軽く睨《にら》みつつ、トロシンが口を挟む。

「シルバー。君ほどの実力者ならば情報がなくてもどうにか対処ができたと思うが？　たしかに未曾有の大混乱にはならなかったかもしれないが、帝位争いに介入してしまったことは帝国の歴史を変えたということだ。君の介入により、レオナルト皇子は帝位に近づきつつある」

「レオナルト皇子を帝位に近づけるということは、そのほかの候補者を遠ざけるということだ。それは大陸の安定のためになると思うが？　なにせ悪魔の召喚には二人の帝位候補者が関わっているからな。悪魔が召喚されたのは先天魔法を持つ少女が暴走したためだ。その少女を攫《さら》った組織にはザンドラ皇女が関わっており、先天魔法を持つ子供を暴走させる実験には帝国軍のタカ派が関わっていた。そのタカ派の首魁《しゅかい》はゴードン皇子だ。彼らが帝位に近づくことを阻止したことを褒めてほしいくらいだが？」

評議会といえど帝国内部の機密情報は把握しきれていない。

詳しく掘り下げていけば、レオ以外の帝位候補者たちがヤバイということはわかってくる。

そうなればレオに肩入れしたことは仕方ないという空気にもなる。

だが。

「そうだとしても、政争に介入することが許されるわけじゃない。君は冒険者ギルドに連絡を取り、ギルドの援軍を促すべきだった」

「援軍を促せば応えてくれたのか？」

「無論だ」

「そうか。しかし、残念だが俺はあなた方を信用していない。足手まといを送られては手間が増えるだけだ」

「感情論はやめたまえ」

「感情論ではない。事実から言っている。まず、霊亀戦のときに俺を外す動きを見せたな？帝国の内情をしっかりと把握し、戦力を配分できる評議会ならあそこで俺を外す動きを見せるわけがない。実際、霊亀は俺とエゴール翁《おう》に勇者と仙姫まで加わって討伐した。S級が対処していたらどうなっていたか……」

「全員死んでおったじゃろうし、帝国北部は全滅じゃろうな。地形が変わる程度で収まったのはシルバーが戦闘に参加し、実力者を前線に集めたからじゃ」

エゴールの言葉が決定的だった。

あの一件は評議会の失態が多く見られた。

俺を責めれば責めるほど、自分たちの失態は浮き彫りになる。

すぐに察したトロシンはこの話題を早々に切り上げる。

「話は理解した。たしかに我々の落ち度があった。そこは謝罪しよう。君がギルドへの報告をせず、独力での解決を目指した理由もわかった。よって、帝位争いに介入した件は不問としよう」

深手を負う前に話題を終わらせたか。

しかし、だ。

忘れているようだが、ここには帝国の代表がいる。

「少しお待ちください。その件について帝国大使として評議会に訊ねたいことがあります」

まだまだ終わらんよ。

4

「フィーネ大使。帝国の内情について理解が薄かったことは謝罪しましょう。しかし、それは貴国の帝位争いに起因することもわかっていただきたい。注視していても、情報が入ってこないこともあるのです」

「それについて恨み言は申しません。帝国を危機に晒《さら》したなどと言うこともしません。結局、冒険者ギルドに所属する二人のＳＳ級冒険者が協力してくれたため、霊亀は討伐できたのですから。そもそも霊亀討伐に関しては帝国とギルドの共同作戦。ギルドに責任を追及するような真似《まね》はしません」

「感謝いたします。しかし、では何を聞きたいのですかな？」

「帝国に派遣したS級冒険者たちの人選についてです。記念式典やその後の反乱もあり、抗議する機会がありませんでしたが……いったいあの人選はどういう意図があったのでしょうか？」

「意図とは？　我々は実力者を選んだつもりですが？」

トロシンがしれっと告げた。

小娘の追及など受け流してくれる。そんな表情だ。

しかし、そんな簡単にいくかな？

「では素行については？　そもそも帝国に派遣する冒険者の内、二組が皇国出身というのに作為を感じます」

「当時、手の空いているS級の中から任務に耐えうる冒険者が皇国を中心に動いていただけです。彼らは皇国とは関係ありません」

「しかし、両方とも問題を起こしています。雷の勇兵団《グローム・ソルダート》は帝都に集合という指示を無視して、勝手に霊亀に攻撃を仕掛けて、霊亀の覚醒を早めました。そしてイグナートは魔奥公団《グリモワールくみ》に与し、帝国に対する策謀に加担しました。これについて納得のいく説明をお願いします」

霊亀戦のとき、多くの失態が評議会にはあった。

フィーネはいつでも帝国の大使としてそのことを切り出せたが、あえてこのタイミングまで取っておいた。最も効果を発するのがこの場だからだ。

もちろん、この事実を評議会は把握しているだろう。

全員がそこを突いてきたかという表情を浮かべている。

「……そのことについては任命責任があります。しかし、彼らはそれぞれ独立した冒険者。独断行動は彼ら自身の判断です」

「評議会は関係ないと？　霊亀の覚醒が早まり、帝国は至急の対応を余儀なくされました。それを解決したのはシルバー様の転移魔法です。また、イグナートが加担した魔奥公団は帝国内に結界を張り、皇帝陛下の命を危険に晒しました。この事実を評議会は把握していましたか？」

「もちろん把握しております。大変遺憾であり……」

「把握していたのにシルバー様を査問するというのはどういうことでしょうか？　水際で防いでくれたのはシルバー様です。評議会の人選した冒険者が帝国に害をもたらした。それを食い止めていた冒険者を査問にかける。私には評議会が公正とは思えません。まるで帝国の弱体化を望んでいるような行動です」

「そのようなことはありません。我々は中立です」

「では中立だという証拠をお見せください。行動からは中立性が感じられません。他国と共謀して帝国を貶《おとし》めていると私は感じています」

言葉では簡単だ。中立と叫んでいればいい。

しかし、証拠となると難しい。

そんなことはフィーネも百も承知だろうな。

今、このタイミングで切り出したのは俺の帝国への加担が許されたから。そうなると評議会はその点を突けない。

自分たちが不利になったからといって、矛先を俺には向けられないということだ。

「証拠と言われましても……我々はどの国にも属さず、大陸の安定に長年、貢献してきました。それでは不足ですか？」

「不足です。それは先人たちの実績で、あなた方、現評議会のモノではありません。私が聞いているのは今の評議会の中立性についてです。納得できる答えがいただけない場合、この問題は帝国内に持ち帰らせていただきます」

「そ、それは……！」

ピットマンがたまらず声をあげる。

フィーネが言ったのは帝国がこの問題に対して全力をあげるということだった。

皇帝の名の下に会議が開かれ、冒険者ギルドに対して何らかの行動を起こす。

「御存じのとおり、帝国は現在、内乱状態であり、諸外国とも戦争状態です。今すぐ何かはできません。しかし……大陸最強の帝国軍をあまり甘くみないことです。何もできないと高をくくれば、終わった後に後悔するのはあなた方です」

トロシンを含めた評議会の面々の体が一瞬震えた。

小娘と侮った相手が予想以上のやり手だったのは、トロシンにとっては誤算だっただろう。

その勘違いはきっと、この査問が開かれる前にフィーネが幾度も評議員と会っていたからだ。その印象が小娘という評価につながった。

あの場でフィーネは何のカードも切らず、言葉だけの説得を繰り返したんだろう。それに対して評議員は皇帝からの信用だけで選ばれた令嬢だと思い込んだ。

まさか爪を隠しているとは思っておらず、対策はされていなかった。

帝国としては俺の査問は一大事だ。なんとか止めたいところだった。もちろん、その気持ちは評議員もわかっていた。

だから事前交渉の段階でカードを切ってくると思っていたわけだ。そしてそこでカードを切らないフィーネは取るに足りないと判断した。

浅はかだな。

帝国大使としてフィーネが本気を出せば、この場の査問対象は評議会へと変わる。

「フィーネ大使。少々感情的になっておられるようだ。少し落ち着いていただきたい」

「私は落ち着いています。感情的になっていいなら、あなた方にもっと恨み言を投げかけています」

ニッコリとフィーネは笑う。

その笑みを見て、ジャックが肩を竦《すく》めて俺を見てきた。

「おっかねぇ嬢ちゃんだな？　想像していた蒼鷗姫《ブラウ・メーヴェ》とは違うんだが？」

「なによ？　ものすごく素敵じゃない。綺麗《きれい》な花には棘《とげ》があるものよ。その棘が鋭ければ鋭いほど、花は輝くの。私のように!!」

「わっはっはっは!!　老人を笑かすんじゃないわい！」

「エゴール翁？　何か笑うところあったかしら？」

「全部じゃ全部！　棘が本体みたいなお主が花を語るでないわい！」

「まぁ！　失礼しちゃうわ！」

「はぁ……まだ掛かりますか？　結果は見えているように思えますが？」

退屈してきたのか、ＳＳ級冒険者たちが喋《しゃべ》り始めた。

まぁ、こいつらは、最初から交渉には不要だからな。

わざわざ全員を揃《そろ》えたのは、ＳＳ級冒険者に対してＳＳ級冒険者を当てるという評議会の奥の手を封じるためだ。

これで評議会はかなり不利な状態で査問に入った。

武力では決して敵《かな》わない相手だからな。

そんな武力を背景にフィーネは交渉を有利に進めている。

そして決定的な言葉を口にする。

「評議会の皆さん。私も綺麗事ですべてが回っているとは思っていません。ですから一つ確認させていただければ退きましょう」

「……確認とはなんです？」

「簡単です。今回の査問、諸外国の圧力に屈しましたね？　それさえ認めていただければ大事にはしません。どうでしょうか？」

それは俺への査問という根底を覆しかねない要求だった。

いつまでも笑顔なフィーネだが、その笑みからは言い知れぬ圧力を感じる。

珍しく本気で怒っているらしいな。

5

さて、トロシンはどう出る？

諸外国の圧力は公然の秘密ではある。しかし、それを認めるのは評議会としては致命的だ。認めてしまえば俺への査問は無効になり、評議会の中立性が問題視される。

しかし、認めなければ帝国がこの問題を大事にする。今は何もないかもしれないが、状況が落ち着いたときにくる攻撃は計り知れないものだろう。

逃げ道のない二択。どっちを選んでも地獄だ。

それを突きつけるあたりフィーネの怒りがうかがえる。

フィーネは他人を追い詰めるようなことは滅多《めった》にしない。必ず逃げ道を用意する。今回はそれがない。

さてさて、この怒りの二択をどう回避する？　トロシンギルド長。

「フィーネ大使……そのようなことをいきなり言われても困りますな」

「残念ながら評議会が蒔《ま》いた種です。諸外国からの圧力ならば、帝国も評議会に文句を言う気はありません。しかし、そうでないならば評議会の責任は重い」

冒険者ギルドの歴史とこれまでの実績を考えれば、こんなことを認めるわけにはいかない。

これまで大陸全土の国々に冒険者ギルドは中立であると触れ回ってきたからだ。

認めてしまえば信用が失われる。そして信用はすぐには取り戻せない。

だが、認めなければ事態はより深刻になる。帝国がどんなアクションを起こすにせよ、原因を作った評議会メンバーの責任は避けられないだろう。

冒険者ギルドとしての誇りか、評議会の保身か。

どちらに転ぼうがフィーネからすれば構わないんだろう。

それに対して、トロシンは軽く唇を噛《か》み締《し》めた後、ピットマンをジロリと睨《にら》んだ。

「ピットマン君。君は最近、諸外国の大使とよく会っているそうだな？」

「え？　そ、それは……」

ピットマンは押し黙る。

諸外国との連絡は外務長の管轄だ。ピットマンがそれをやるということは、秘密裏の会合。

トロシンが知らないはずがない。

これは……。

「フィーネ大使。私は誓って、諸外国の圧力など受けていないが……査問を主導したピットマン監査長はもしかしたら圧力を受けたかもしれない」

「なっ⁉」

「私が先日訊《たず》ねたときは、査問に必要だと答えていたが……実際はどうなのかね？　圧力を受けて査問を進めたのではないか？」

トカゲのしっぽ切り。

査問をピットマンに主導させている時点で、トロシンの中にはその策があったんだろうな。

万が一、不利になればピットマンにすべてを被《かぶ》せて終わらせる。

策謀でギルド長まで上り詰めた男なだけはある。大したリスク管理だな。

保身の天才といえるかもしれない。

だけど、そういうのはフィーネの嫌うやり方だ。

チラリと目をやると、見るからに目が怒っていた。

内心、どうしてくれようかと考えているんだろうな。

「答えたまえ！　ピットマン君！」

「あ、そ、その……わ、私は……」

オロオロとピットマンは周囲を見渡すが、誰も助け船は出さない。日頃からトロシンの威光に頼って、横暴に振る舞っているからだ。

トロシンの身代わりにされるのも仕方ないだろう。

そんなピットマンはどうするべきかと視線を彷徨《さまよ》わせ、そして俺に目をつけた。

「も、申し訳ありません！　聖竜を討伐された連合王国からの圧力がとても強く……!!」

「やはり圧力を受けていたか！　これは大問題だぞ！　しかし……聖竜の討伐がそこまで尾を引くとは……」

　トロシンがチラリと俺を見た。

　俺にも責任があるという風に持っていきたいんだろうな。

　だが、聖竜の問題で俺に責任を被せるのは不可能だ。

「一つ聞きたい。ギルド長」

「なにかな？」

「ギルド長は俺が聖竜を討伐したことが間違いだと思っているのか？」

「……結果的には、な」

「ではこの場にいるすべてのSS級冒険者に訊ねよう。お前たちが俺と同じ立場だったらどうしていた？　討伐か？　それとも放置か？」

　こいつらを集めた理由は二つ。

　一つは評議会の対抗手段を奪うため。

　もう一つは聖竜討伐問題への対処のため。

　評議会はこの問題に重きを置いていた。

　なぜならギルドが討伐しないと決めたモンスターを討伐したから。それは評議会への反旗に他ならない。

面子《メンツ》を潰された評議会は、この問題を決して放置しない。

それはわかっていた。だから全員を集めた。

奴《やつ》らの答えもわかっていたからだ。

「「「「――討伐」」」」

一拍置いて全員の声が揃う。

トロシンの顔が苦虫を嚙《か》み潰《つぶ》したようなものに変化する。

今日はずいぶんと表情が変わるな。

「そもそも連合王国のドラゴンを守護聖竜として、討伐対象から外したのは評議会よ。その守護聖竜を連合王国は他国への侵攻に使った。これは評議会の責任じゃないかしら？」

「連合王国は侵攻に使ったわけじゃない」

「意図はどうでもいいのよ、ギルド長。私は結果について語っているの。あなたが結果的に討伐は失敗だったと言っているように、ね。国境を越えた時点でそれは侵攻よ。そうでしょ？」

「そうじゃな。間違いでしたで済むなら国境などいらんからのぉ」

「さっさと討伐してればいいんだよ。あのドラゴンたちのせいで、連合王国周りでどれだけ船が沈められたと思ってんだ？　討伐されて怒ってんのは連合王国だけだぜ？」

「ですが、それを鑑みて評議会は自国の防衛のみに終始するならばと条件をつけました」

評議会を非難する声ばかりの中で、ノーネームがやや庇《かば》うような発言をした。

それを見てトロシンが何度も頷《うなず》きながら同調する。

「そう！　そのとおりだ！　連合王国がまさかそれを破るとは……」

「破っても問題ないと判断したのでしょう。今の評議会ならば黙らせられると」

「な、に……？」

「簡単に言えば舐《な》められているのですよ。今の評議会は。積極的に連合王国を非難するべき立場でありながら、その圧力に屈しているのがよい証拠です」

「そ、それはピットマン君が！」

「非難もしなければ、制裁もしない。何もしないのは圧力に屈したも同然ですよ。ギルド長」

ノーネームの言葉にトロシンは怒りで肩を震わせる。

SS級冒険者の中でノーネームは自分側だと信じていたんだろう。

「……君には多くの便宜を図ってきたはずだが？　ノーネーム」

「感謝しています。よい関係をこれからも続けたかったです。しかし、あなたは選択を間違えた」

「私が間違えただと？」

「ええ、彼らを敵に回した。抑止力として私を当てにされても困ります。一人で四人を相手にするのはごめんです。そんな損な役を引き受けるわけがないでしょ？　沈む船からは降りさせてもらいます」

「……おのれ……！」

トロシンがSS級冒険者全員を睨む。

しかし、その睨みに対して全員が睨み返した。

思わぬ反撃にトロシンは椅子から転げ落ちた。

そんなトロシンを鼻で笑いながら俺は提案する。

「諸外国の圧力に屈し、影響力の落ちた評議会では冒険者ギルドを適切に運用するのは不可能だろう。ＳＳ級冒険者として俺は評議会の解散を提案する」

ギルド評議会はギルド長によって決められる。

確定している議員はギルド長と副ギルド長のみ。

ギルド長さえ望めば、辺境の支部長も評議会に入れる。

しかし、遠くの支部長と連絡を取るのは不便であるし、本部の各部署を受け持つ長を入れたほうが色々と便利なため、基本構成はこれまでほとんど変わったことはない。

では、解散とはどういうことか？

冒険者ギルドのギルド長の任期は三年。それが終わると選挙が始まる。一定ランク以上の冒険者とギルド職員が対象だ。

ギルド長が変われば評議会も変わる。

つまり、俺はギルド長の解任を要求したということだ。

トロシンは立ち上がって、俺を睨みつける。

「……それを飲む理由が私にあるかな？　私の任期は後一年以上残っている！」

「ＳＳ級冒険者が全員、それを望んでいるとしたら？　賛成なら手を挙げてほしい」

俺の言葉を受けて、全員が手を挙げた。

これを無視することはギルド長でもできはしない。

6

「……いいだろう。だが、評議会の解散だけだ。私は辞任しない」

「ちゃんと言わなければわからないか？　あなたが選んだ評議会に落ち度があり、信頼もなくなった。あなたが残っていることを俺たちは容認しない。直接辞任しろと言わないのは最後の優しさと思ってほしいんだが？」

「ふざけるな……！　SS級冒険者がいちいち、評議会に文句をつけ、そのたびに解散していたら常にSS級冒険者の顔色を窺《うかが》うことになる！　そんな前例は作るわけにはいかない！」

「前例という話なら、他国に舐められた評議会をそのままにしているほうが悪い前例になるだろう。国だろうが、組織だろうが、中立を守れるのは強い力を持つからだ。周りから一目置かれるから誰も、何も、干渉しない。今、それが崩れている。だからこその解散だ。嫌というなら実力行使に出る」

「そうやって手段を選ばないところは冒険者だな！　シルバー！　武力に打って出るなら考えがあるぞ！」

「武力など使わん。ただ大陸中の冒険者たちに、SS級冒険者はギルド長を支持しないと伝えるだけだ。それだけでギルド長の立場は崩れるぞ？　いいのか？」

冒険者のトップであるＳＳ級冒険者が全員、ギルド長を支持しないと伝えたら、いくら任期が残っていようと必ず引きずりおろされる。

俺の言い方にトロシンは眉を顰《ひそ》めた。

「つまり……今回はそれを冒険者に伝える気はないと？」

「俺たちから伝える気はないな。表向きはピットマン監査長が他国から圧力を受けたとでもいえばいい。その責任を取って評議会解散とギルド長辞任。再選したいならすればいい」

「……どういう風の吹き回しだ？」

「ＳＳ級冒険者は自由に動く。そんな奴らがギルドのトップまで決めるわけにはいかない。決めるのはすべての冒険者と職員だ。といっても、急な話だ。支部を巻き込むわけにはいかんだろう。本部の冒険者たちだけの簡易選挙だろうな」

今ここでトロシンを完全に脱落させることは容易だ。

しかし、それをすればＳＳ級冒険者が完全に評議会の上に来てしまう。

自由人の集まりがトップに立てば必ず乱れる。

今は俺がいるからいいが、俺がいなくなったときに問題になりかねん。

評議会がＳＳ級冒険者を尊重し、その決定にＳＳ級冒険者も従うという今までの在り方であるべきだ。

だから、トロシンの処遇は冒険者と職員たちにゆだねる。

ピットマンはトロシンの腰巾着。そのピットマンの失態がある以上、トロシンは不利だ。そのうえでトロシンが再度、ギルド長になるなら仕方ない。

「ＳＳ級冒険者の総意ということでいいのかな……？」

「問題ないわよ。ふざけた査問を仕掛けられたのはシルバーだもの。その決定には従うわ。生温《なまぬる》いとは思うけれど」

「同じくじゃ」

「こいつを追放しないってのが俺には理解できないんだが、まぁいいぜ」

「構いません」

全員の同意を受け、トロシンは顔をしかめながら告げた。

「いいだろう……。ならば評議会は解散し、私はギルド長を辞任する。そして再度、ギルド長選挙を行う。それでいいかね？」

「問題ない。細かいことは新しいギルド長が決めればいい」

そういうと俺は椅子の背もたれに体重を預ける。

そして円卓を指で叩《たた》きながらトロシンに訊ねた。

「しかし、ギルド長。今、どんな気持ちだ？　まさか自分が辞任することになるとは思わなかっただろ？」

ことさら煽《あお》るような言葉を選ぶ。

それに対して、トロシンは鼻で笑った。

「ずいぶんとクライド君を買っているらしいな。次期ギルド長はクライド君だと疑っていない言い方だ」

「もちろんだ」

「甘いな……私がどうやってギルド長になったと思う？　選挙で選ばれたのさ。多くの冒険者と職員の支持によってな。今回も選挙というなら私が勝つ」

「そう上手《うま》くいくかな？」

「上手くいくさ。投票権を持つ冒険者や職員。彼らが君のように多くのことを考えていると思っているのか？」

「どういう意味だ？」

聞き返すとトロシンは馬鹿にしたような笑みを浮かべた。

その笑みを見て、横でフィーネが顔をしかめた。

「冒険者など馬鹿ばかりだ。それを支援する多くの職員もな。理想に燃えて、民のためなどという曖昧な大義のために命を懸け、日々の激務に耐える。私から見れば馬鹿としかいいようがない」

「これは驚いた。ギルド長の口からそんな言葉が出るとは、な」

「私は民のために働いたことなどない。しかし、私はギルド長になっている。なぜだと思う？　投票する者に人を見る目がないからだ。耳あたりのいい言葉を並べ、それなりの利益を目の前に垂らしてやれば、彼らは私を支持する。前もそうだった」

「……たしかに冒険者は馬鹿だろうな。日銭を稼ぎ、それを酒や女に溶かして泣きを見る。いつも感情で動き、考えて生きているのか疑問だ。しかし……俺はそんな冒険者が好きだ」

冒険者の多くは冒険者以外にはなれなかった奴らだ。

実力はあっても、騎士にはなれない。規律を守るというのが苦手だからだ。

一歩間違えば彼らは犯罪者だった。それでもその力を民のために使うことを選んだ。

選択肢がなかった奴も多いだろう。心に民のためという大義がある奴がどれほどいるだろう？

生きるために仕方なく冒険者をやっている者もいる。

それでも多くの冒険者は、そんな生き方を楽しんでいる。

自分の好きなように生きて、自分の腕で稼ぐ。

そんな風に生きられたらどんなに幸せか。

「公国で海竜が出現した時……公女の声がすべての支部に届いた。帝都支部の冒険者たちは助けにいけない自分に苛立《いらだ》ちを覚えていた。それがきっと冒険者の在るべき姿だ。助けを求める声に応えようとする。馬鹿でも、考えなしでも、俺は彼らのそんな姿を支持する。あの日、公女の声を聞いて、ヤケ酒に走った大陸中に散る冒険者たちが俺の理想だ。たとえギルド長だろうと、帝国皇帝だろうと――侮辱は許さん」

「立派なことだ！　素晴らしいと誰もが称《たた》えるだろう！　しかし、人間は理想だけでは生きられないし、素晴らしい人間ばかりではない！　金をちらつかせれば私に投票するし、現実的な成果を望む！　私はギルドを拡大させた！　それによって利益を得た冒険者は多い！　私がどれだけ馬鹿にしようと、利益を出している以上は私を支持する！　それが冒険者だ！　侮辱して何が悪い！」

「ふむ、悪い奴《やつ》じゃのぉ」

「まったくね」

呆《あき》れたようにエゴールとリナレスがつぶやく。

ジャックは面倒そうに顔をしかめており、ノーネームは静かに座っている。

自分に言われたと思ったトロシンは高笑いをした。

「好きなように言えばいい！　私はまた再選する！　そしたらＳＳ級冒険者は必ず評議会の下に組み込む！　今までのように自由に振る舞えると思うな⁉　私は私に逆らう者を許さない！」

「ギルド長……あなたは商会のトップならば素晴らしい人物だったのでしょうな」

クライドがトロシンに向かってそう言った。

その言葉には同意だ。

トロシンは商人気質なのだ。しかし、その気質は冒険者たちとは相性が悪い。

「しかし、冒険者ギルドのギルド長は商人では務まらない。自分の利益を大事にしていては、大陸中に散らばる冒険者たちを導くことはできない。魔王が現れて以来、冒険者の役割は重要になった。どの国にも属さず、モンスターを討伐する。我々は大陸のバランサーなのだ。それを続けるためには大義が必要になる。ギルドのトップこそ、その大義を忘れてはならない」

「偉そうに説教をするな！　君を傍《そば》に残していたのは、冒険者たちの信望が厚かったからだ！　だが、私に逆らった以上は不要だ！　大義を掲げて選挙に出ればいい！　それで勝てると思うな！　所詮は票集め！　金と人脈さえあれば勝てるのだよ！」

トロシンはそう言い切った。

それに対して、フィーネが我慢の限界といった様子で口を開こうとする。

だが、俺はそれを手で制した。

余計なことを言う必要はない。

トロシンに言うべきは一つ。

それをSS級冒険者たちが口を揃《そろ》えて告げた。

「「「「冒険者を舐《な》めるな」」」」

そう言った瞬間、外から慌ただしい足音が聞こえてきた。

そして勢いよく扉が開かれる。

「ギルド長！　大変です！」

「なんだ⁉　モンスターでも出たのか⁉」

「違います！　本部の冒険者たちがギルド長に会わせろと騒いでおりまして！　というか、職員もそれに交ざっていまして……」

「なにぃ？　どういうことだ⁉」

「それが……先ほどからギルド長の言葉が本部中に響いておりまして……」

きっとトロシンの子飼いの部下なんだろう。

その顔には絶望が浮かんでいた。

そりゃあそうだ。トロシンは自分で自分の未来を断ったのだから。

ゆっくりとトロシンが俺を見つめた。

そんなトロシンを見て、仮面の中でニヤリと笑う。

「……お前の仕業か……？」

「失礼。ワンアクションあれば、声を風で運ぶ魔法くらい発動できるのでな」

そう言って俺は円卓を指で叩く。

わざわざ挑発的なことを言ったのは、トロシン自身で自分の首を絞めてもらうためだ。

面白いほど自爆してくれた。

それにSS級冒険者たちは気づいていた。だからエゴールとリナレスは悪い奴だと呆れたし、ジャックは回りくどい手に面倒さを示した。

「や、約束が違う！　これではシルバーが私を支持していないことが本部中に知れ渡った！」

「約束したのは俺たちからは伝えないということだ。俺は冒険者愛を語っただけだ。それ以外はギルド長自身の言葉だと思うが？」

「そんな屁理屈《へりくつ》が通ると思うのか⁉」

「通るさ。自分で言ったはずだが？　素晴らしい人間ばかりではない、と。そのとおりだ。周りの意見を総括すると、俺は常識がないらしいのでな。他人の言葉を拡散するくらいはやってしまう。許せ、ギルド長。非常識だった」

俺がそう言うとトロシンは悔しそうに顔を歪《ゆが》め、ＳＳ級冒険者とクライド、そしてフィーネは同時に呆れたため息を吐《つ》いたのだった。

7

トロシンを含めた評議会の面々は事態の鎮静化のために部屋から出ていった。

残ったのはＳＳ級冒険者とクライド、フィーネのみ。

「これで負けたら知らないぞ？」

「問題ない。ギルド長のやり方には反発や不満も多かった。今回のことで彼に投票する者はいないだろう」

「それなら安心だ。わざわざＳＳ級を全員集めた甲斐《かい》があった」

「助かった。迷惑をかけたな。全員に、な」

「本当だぜ。次はなしだぞ？　クライド」

「わかっている」

ジャックの言葉にクライドは頷《うなず》く。

ギルド長選挙でクライドは最有力。クライドが出るならば出ないという者も多いだろう。それくらいクライドの信望は厚い。

元冒険者として現場を知っており、評議会に入ってからも現場優先の姿勢を崩さなかった。ギルド長にふさわしいといえる。

「評議会のメンバーは変えるのかしら？」

「あまり変えない。彼らは各部署のトップだ。引き続き、彼らには評議会に入ってもらう」

「ギルド長に尻尾を振っていたのに？」

「それも一つの手だ。できる範囲で彼らもやれることはやっていた。自分の部下を守ることで精いっぱいだったんだ。ギルド長に左遷される者は多かったからな」

「まぁ、あなたがいいならいいけれど」

リナレスはそうつぶやき、その話題を終わらせた。

顔には気に食わないと書いてあるが、クライドがそう決めているなら余計なことは言わないということだろう。

「クライド。すまんが、喉が渇いたんじゃが？」

「すぐお出しします。エゴール翁《おう》」

「終わったなら私は帰ります」

「ああ、ありがとう。ノーネーム。お前までシルバーに協力するとは思わなかったぞ」

「有利なほうについただけです。礼には及びません」

「いえ！　とっても助かりました！　ありがとうございます！　ノーネームさん！」

「あなたにもお礼を言われるようなことはしていません。フィーネ嬢」

「でも助け船を出してくれたじゃないですか！　あれでシルバー様は話を進めやすくなりました！」

「あれは……長引くのが嫌だっただけです」

すごーい。仲良くなってる。

あのノーネームとたかが数日でお喋《しゃべ》りできるようになるとは。さすがフィーネ。

そんな風に感心していると、クライドが俺に提案してくる。

「シルバー。俺がギルド長になったら一つ制度を作ろうと思う」

「制度？　どんな制度だ？」

「ＳＳ級冒険者の制度だ。ＳＳ級冒険者が全員賛成した場合、評議会を解散させることができる。今回のような、面倒なことが起きないようにするためには必要なことだと思う」

「作りたいというなら止めはしないが、あまり意味はないぞ？」

「わかっている。大陸中に散らばるＳＳ級冒険者を集めることができるのは、お前だけだ。お前がいるうちは強力だが、お前がいなくなれば効果は薄まる。だが、そういう制度があれば評議会の暴走も抑えられる」

「好きにすればいい。その制度があろうが、なかろうが、ＳＳ級冒険者の在り方は変わらない。好きなように生き、邪魔する者は打ち倒す。それだけだ」

俺の言葉にクライドは苦笑する。

現役時代、S級冒険者として各地を飛び回り、その先々でSS級冒険者のきまぐれに振り回されてきたクライドは、冒険者ギルドの中でもSS級冒険者をよく理解している。

当然、SS級冒険者が滅多《めった》に協力することもないし、今回が特別だったということもわかっているはずだ。

だから制度を作ると言い出した。

また今回のようなことがあるかもしれないと、これから先の評議会に思わせるためだ。

ご苦労なことだ。

「クライド、茶はまだかのぉ？」

「すみません。すぐに」

「エゴール翁。副ギルド長にお茶を淹《い》れさすのはやめなさいな」

「喉が渇いたんじゃー。それに昔はお茶を淹れておったじゃろ？　まだまだ駆け出しの頃は」

「副ギルド長が駆け出しっていつの話をしているのよ……まったく、一人だけ時間の感覚がおかしいんだから」

「いいからお茶じゃ、お茶」

「俺は酒だ」

「私は帰ります」

まったく、勝手な奴らだ。

やっぱりこいつらと比べたら俺は常識人だと思う。

そんなことを思いつつ、全員を送るために俺は転移の準備に入った。

しかし、それはすぐに妨げられた。

突然、扉が開けられたからだ。

「副ギルド長!!　緊急事態です！」

「どうした？　ギルド長が何かしたか？」

「いえ、その混乱もまだ収まっていないのですが……皇国西部にて新たなダンジョンが発掘中に、倒壊。報告では……倒壊したダンジョンから竜が出現したと……」

入ってきたのは若い女性だった。

きっと遠話にて連絡を受けたんだろう。

この騒ぎの中、ちゃんと仕事をしているあたり真面目だな。

しかし、焦りすぎてクライドしか見えていないらしい。

「迎撃に当たった皇国軍は返り討ちに遭い、その竜は皇国西部最大の都市、カレリアに進行中とのことです！　付近の冒険者では相手にならず、皇国の各支部はSS級冒険者の派遣を要請しています！」

「皇国で竜が出現か。ダンジョンから出てきたあたり、厄介な遺物かもしれんが……詳しい情報は必要か？」

「いらんだろ。この面子《メンツ》なら」

そう言って俺は皇国西部の都市、カレリアへの転移門を開く。

「私だけで十分です」

「そういうな、ノーネーム。ずっと座ってて退屈じゃったんじゃ」

「私もそうよ。大丈夫、トドメは譲るから」

「俺は酒を飲みに行くだけだ。カレリアは酒で有名だしな。竜の相手はお前らに任せる」

理由はそれぞれ。

しかし、ＳＳ級冒険者が全員席を立った。

そこでようやく報告に来た若い女性は、この場の面々に気づいたのか体を震わせはじめた。

「ぜ、全員……いる……」

「副ギルド長として全ＳＳ級冒険者の参戦を許可する。ただし……過剰戦力で向かう以上、被害を最小限に抑えろ。間違っても地形は変えるなよ？」

「モンスター次第だな」

「私、手加減って苦手なのよねぇ」

「わしも苦手じゃ」

「俺もだ」

「努力はしましょう。しかし、トドメは私が貰《もら》います」

「……」

クライドが不安そうな視線を俺たちに向ける。

一方、フィーネは静かに頭を下げた。

「皆様、行ってらっしゃいませ」

そんなフィーネに軽く手をあげながら、俺たちは転移門に入ったのだった。

第三章　ＳＳ級合同

Episode 3

1

「迎撃に当たった西部駐屯軍第七師団はほぼ全滅！　竜は変わらず我が街に侵攻中！」

「くっ……」

皇国西部最大の都市であるカレリアの領主、ヴェンゲロフは絶望的な報告に呻《うめ》くほかなかった。

長い白髪に白い髭《ひげ》。すでに齢《よわい》六十を超えたヴェンゲロフは皇国西部最大の都市を預かる領主として、帝国と幾度も戦った武人でもあった。そんなヴェンゲロフだったが、迎撃に当たった軍がすぐに全滅するようなモンスターとは出会ったことがなかった。

「冒険者ギルドの見解は？」

「過去に封印されていた竜では、と……ダンジョンの古さから悪魔関連のモンスターの可能性もあるとか」

「ふざけた話だ……大国の国内に突然、巨大な竜が現れるとは……過去に封印された竜だと⁉　過去の魔法ならなんでもありか⁉」

ヴェンゲロフは持っていた剣を地面に叩《たた》きつける。

長年、共に戦ってきた相棒だが、今は棒きれと大差はないとわかっていたからだ。

「……竜の特徴は？」

「全身が真っ黒な鱗《うろこ》に覆われており、四本足……その体長は数十メートル。二本の角に赤い目。能力は不明……この程度のことしかわかりません」

「大した調査もできずに冒険者たちがやられたということか……」

ヴェンゲロフはカレリアを囲む高い城壁を見つめる。

帝国国境に近い皇国西部の都市は侵攻に備え、防備は完璧に整っていた。その中でもカレリアはその要として他の都市以上の防備を誇る。しかし、それは人に対して、だ。

「このカレリアが頼りなく見える日が来るとはな……」

つぶやき、ヴェンゲロフは押し黙る。

ヴェンゲロフに家族はいない。妻は若くして亡くなり、長男は帝国との戦争中にヴェンゲロフを庇《かば》って亡くなった。

そんなヴェンゲロフにとって、カレリアの民が家族だった。

だからこそ、ヴェンゲロフは一つの決断をした。

「……子供と女、そして老人を集めろ。カレリアより逃がす」

「わ、わかりました！　しかし、どこへ……？　皇国中心部に向かうのは危険です！」

竜が皇国中心への進路を塞いでおり、あえてそちらに逃げるのは危険だった。しかし、カレリアの近くにある都市に避難しても竜の脅威は消えない。

有力な逃げ場はどこにもなかった。

ただ、一つを除いて。

「帝国東部国境へ避難させる」

「て、帝国東部国境⁉　正気ですか⁉」

「無論、正気だ。幾度も帝国と戦った。だからこそ、アードラーの一族のことはよく知っている。大陸中央に君臨する夢追い人の一族。前線に出てくる皇族たちはどいつもこいつも優秀で辟易《へきえき》したものだ」

「そうです！　若様も奴《やつ》らの手で！」

「息子を殺したのは私だ。戦争に反対していた息子を私が戦場に連れ出した。帝国軍は侵攻した我が軍を撃退しただけだ。その後も戦った。殺し合いだ。そして幾度も休戦した。そのたびに皇族が出てきた。殺してやりたくて仕方なかった。しかし……それゆえに帝国の皇族は信頼できる。奴らは民間人を見捨てはしない」

「ですが！　今は内乱中！　難民を受け入れる余裕など帝国にはありません！」

「わかっておらん。奴らにとって自分の都合は関係ない。民を受け入れ、なんとかするのが皇族の務めだというだろうし、それができる程度には優秀だ。とくに姫将軍は傑物。この状況下ではこれほど頼りになる将軍はいまい」

　話は終わりとばかりにヴェンゲロフは臣下に再度指示を出した。

「西門に避難する民を集めよ！　戦える者は東門に集合！　一秒でも竜を食い止める！」

「りょ、了解いたしました！　ＳＳ級冒険者が間に合ってくれればよいのですが……」

「どこにでも現れるＳＳ級冒険者。神出鬼没と噂《うわさ》のシルバーなら間に合うかもしれんが……惜しいかな。あれは帝国のＳＳ級冒険者だ。皇国にはやってこない。ノーネームも間に合うまい。あまりにも急すぎた」

　すでにＳＳ級冒険者の支援は要請している。

　軍隊が短時間で壊滅するようなモンスターが相手では、高ランクの冒険者でも焼石に水。過剰だろうが最大戦力をぶつけるというのが大陸の常識であり、そのためにＳＳ級冒険者はいる。

　しかし、いきなり現れるモンスターには対応が追い付かないこともある。今回がその例だとヴェンゲロフは理解していた。

　それゆえに避難命令だった。

「では行くとしよう」

　決死の覚悟を決めて、ヴェンゲロフは剣を拾って腰に差したのだった。

■■■

冒険者ギルドカレリア支部のA級冒険者、ラジェフは夢見がちな青年だった。

冒険者になったのは英雄になりたかったから。

いつか強大なモンスターと出会い、それを苦戦の末に討伐して、名を揚げる日が来ると信じていた。

しかし、その夢にまでみた強大なモンスターを目の前にして、ラジェフは一歩も動くことができなかった。

カレリアのすぐ近くまで迫ったモンスターは真っ黒な竜だった。

全長数十メートルの巨竜。羽を広げればもっと大きいだろう。ただ進むだけで災害をまき散らす規格外。自然災害と変わらない。

そんな竜を前にして、ラジェフは手に持った愛剣を構えることもできなかった。

「は、はは……」

乾いた笑みがこぼれる。

城壁には領主とその騎士や、冒険者たちが集まっており、苦し紛れの矢や魔法が放たれていたが効いている素振りは見えない。

現実は自分が夢見た幻想よりも酷《ひど》かった。

ＳＳ級冒険者が相手にするようなモンスターでも、それなりに戦えるとラジェフは思っていた。

しかし、それを目の前にすればよくわかる。

こんな奴とは戦いにならない、と。

「俺たちは道端の石ころだ……」

人間が道に転がる石を気にしないように、この竜も人間など気にもしない。

そして石ころと人間が戦えないように、人間とこの竜も戦えない。

同じ土俵にも立てないのだ。

自分が戦ってきたモンスターには通じた剣技も、冒険者としての経験も意味はない。

スケールが違いすぎるのだ。

どうして夢見てしまったのか。

子供の頃の自分をラジェフは恨んだ。

いつか誰をも助けられる冒険者になりたいと夢見た。それゆえにここにいて、すべて無駄だったと思い知らされている。

人間という種である以上、この規格外には勝てない。

それが種としての限界なのだ。

そう決めつけ、ラジェフは視線を落とす。

すると空が暗くなった。

何が起きたのかとラジェフは空を見上げ、つぶやいた。

「ああ……馬鹿な夢を見たなぁ」

城壁の上にはモンスターの前足があった。

それが一気に降下してくる。

道端の石を踏みつけるように、竜が城壁を踏みつけ、カレリアを突破していく。

それを予期し、ラジェフは体を震わせる。

恐怖からではない。

怒りからだった。

「ざけんな……人間を舐《な》めるな!!」

無駄だとわかっていても、ラジェフは剣を空に掲げた。

完全に無意味でも、せめて一矢報いたかった。

少しでも痛いと思ってくれたら。

そんな思いで掲げた剣だった。

しかし。

「え……?」

それと同時に竜は大きく吹き飛ばされて、都市から離れていった。

自分の秘められた力が覚醒して、竜を吹き飛ばした。

そう勘違いし、ラジェフは一瞬、喜びに震えたが、その喜びを吹き飛ばすほどの威圧感を察知して、ゆっくりと空を見上げた。

そこには黒いローブに身を包み、銀色の仮面で顔を隠した魔導師がいた。

「よく耐えた。カレリアの騎士と冒険者。これより敵モンスターはSS級冒険者、五名によって討伐する。繰り返す――これより敵モンスターはSS級冒険者、五名によって討伐する。あとは任せてもらおう」

それは城壁にいるすべての者に伝えられた。

そして全員が喜びに打ち震える前に疑問を抱いた。

「五名……？」

2

カレリアの城壁を踏みつぶそうとしている巨竜。

その前足による一撃を結界で防ぎ、そのまま結界でその巨体を押し返し、その動きを止める。

そして。

「よく耐えた。カレリアの騎士と冒険者。これより敵モンスターはSS級冒険者、五名によって討伐する。あとは任せてもらおう」

城壁にいるすべての人間に〝警告〟を発する。

巨大モンスターに対抗するために投入された戦力は過剰であると。

「来てくれたか……」

城壁の上。

白い髭《ひげ》が特徴的な老人がそうつぶやいた。

周りには護衛と思わしき騎士が数名。

「あなたが領主殿か？」

「いかにも。私はカレリアの領主を務めるヴェンゲロフ。逆に問わせてもらおう、貴公がシルバーか？」

「ああ、そうだ。たまたま本部にいたのでな。こうしてやってきた。他の四人も一緒だ」

「そ、そのことだが……全員が揃《そろ》うほどの相手ということか……？」

「そういうわけではありません」

「暇じゃから来ただけじゃよ」

いつの間にかノーネームが空中にいる俺の横にやってきていた。

そして疑問に答えたエゴールは、音もなく領主の横に椅子を置いて茶をすすっていた。

いきなりのことにヴェンゲロフは思わず後ずさって体勢を崩す。しかし、そんなヴェンゲロフを支える者がいた。

「言い方を考えなさいな。エゴール翁《おう》。あ、ごめんなさいねぇ。領主さん」

「……」

ヴェンゲロフを支えたのはリナレスだった。

さすがに速いな。こいつらは。

転移したのは街の外れ。俺は転移で城壁に向かったが、こいつらは普通に移動して追いついてきた。エゴールに至ってはどこからか、椅子と茶を調達しているし。

「ジャックはどうした？」

「お酒飲みにいくって言ってたわよ」

「なるほど。失礼、領主殿。参戦するのは四名だ」

「一人で十分です」

俺が訂正すると、ノーネームがそう言って魔剣・冥神《ディス・パテル》を引き抜く。

すぐに巨竜を押さえつけている結界を解除し、その代わりに冥神《ディス・パテル》が周囲を破壊しないように巨竜の周りに結界を張った。

ノーネームは冥神《ディス・パテル》を上段に構えると、思いっきり振り下ろす。

すると巨大な魔力で構成された斬撃が竜へと向かう。

斬撃は見事に竜に直撃し、土煙が周囲に広がった。

「竜だろうが、悪魔だろうが、関係ありません。私一人で十分です」

ノーネームの言葉に俺はため息を吐《つ》く。

そしてこの場で最もモンスターに詳しいだろうエゴールに訊《たず》ねる。

「エゴール翁。あの竜に見覚えは？」

「ないのぉ。封印されるほどの竜となると、悪魔関連じゃろうて」

「同意見だ。そして、かつて似たような特徴を持つ竜を文献で見たことがある」

「なら、おそらくそれじゃな」

「そうなると、簡単にはいかないぞ」

「竜はいつだって簡単にはいかんじゃろうて」

言いながらエゴールは茶をすする。

そうしている間に砂煙が晴れる。

その先で巨竜は無傷で立っていた。

「地形を変えないように手加減しすぎました」

「それもあるだろうが……何か秘密があるはずだ」

あの巨竜が無類のタフネスを誇っていたとしても、あまりにも体が綺麗《きれい》すぎる。ノーネームの一撃はそこまで甘くない。

その証拠に地形を守るために張っていた結界は壊れている。

無事なのはあの巨竜だけだ。

「思ったより手強《てごわ》そうね。これなら全員で相手してもいいんじゃないかしら？」

「それもそうじゃな。適度な運動は必要じゃ」

エゴールが椅子から立ち上がり、リナレスが肩を軽く回す。

ノーネームはさっき以上の一撃を放つつもりなのか、冥神《ディス・パテル》に魔力を込め始めた。

そんな三人に俺は告げる。

「やってもいいが、地形は変えるな」

「難しいのぉ。それなりに本気で斬ることになるじゃろうし」

「あれを消滅させるとなると、後ろの山二つくらいは消えるわね」

「帝国のＳＳ級として遠慮しているんですか？　気にしなくて結構です。放置すればそれ以上の被害が出ますから」

「お前たちは人の話を聞いていたのか？　クライドが言っていたはずだ。地形を変えるなと」

俺の言葉にエゴールが顔をしかめ、リナレスが困ったように頰《ほお》へ手を当てる。

ノーネームは変わらず冥神《ディス・パテル》を構えたままだ。

「せっかくクライド優勢の状況なのに、俺たちが地形を変える損害を皇国で出せば、責任がクライドに飛びかねん。地形を変えるのはなしだ」

「そうねぇ。全員で来たわけだし、約束は守らないとよねぇ」

「といっても、加減しながらやり切れる相手でもあるまい。仮にもノーネームの一撃に耐えたわけじゃしな」

「……五人いるから地形を変えてはいけないということは、あなたたちが帰れば好きにやっていいのでは？」

「人に転移を使わせといて、そんな勝手が許されると思うなよ？　この場の地形を変えることは俺が許さん」

「不思議ですね。皇国がダメージを負えば帝国は楽になりますよ？　東部国境守備軍を移動させられますから」

「国は関係ない。助けるべきは民であり、すでにあのモンスターのせいでこの周辺は多くの被害を受けている。これ以上、この付近の被害は避けるべきだ」

と言いつつ、俺は周囲を見渡す。

きっとこの周辺が被害を受けたとしても、皇国の軍事力は低下しない。皇国とはそういう国だ。

この場にいる彼らが苦労をするだけだ。

それに今は帝国の皇子じゃない。

冒険者だ。

「クエストを説明しよう。周囲への被害を最小限に抑え、あの竜を討伐する。奴《やつ》の耐久力の高さには何か種がある。まずはそれを探るぞ」

「やれやれ……暇つぶしにしては難易度の高いクエストじゃのぉ」

「困ったわ〜。私、手加減苦手なのに」

「最後の一撃は私がやります。それが条件です」

「好きにしろ。さて……とりあえずは迎撃だ。来るぞ」

そう俺が言った瞬間。

竜が口を開く。どんどん魔力が集まっていき、集束していく。

そして黒い光体が出来上がる。あれが奴のブレスということか。

「そういえばシルバー。文献で見たことがある竜だと言ったが、名はなんという？」

「異界竜……ニーズヘッグ。魔界から来た竜だそうだ」

「あらあら。困ったわね。意外に強そうよ？」

「関係ありません」

ノーネームは溜《た》めていた冥神《デイス・パテル》の魔力を使い、迎撃の一撃を放つ。

そのノーネームの一撃に合わせて、エゴールも斬撃を放ち、リナレスは正拳突きを放った。

三者の一撃とニーズヘッグのブレスがぶつかり合う。その余波から周りを守りながら、俺はつぶやく。

「こいつらから街を守るほうが大変そうだな……」

3

強烈な閃光《せんこう》。その次に衝撃と共に爆風が周りに広がった。

だが、その衝撃と爆風は結界によって街に届く前に遮られる。

しかし、目の前で繰り広げられる人智《じんち》を超えた戦いに対して、城壁にいた騎士や冒険者たちは腰を抜かしていた。

「街とその周辺の安全は俺が保証するが、心の弱い者は家に閉じこもっておくことをおすすめするぞ。領主殿」

「正直……さっさと屋敷に帰りたいところだが……この街は私のすべて。せめて見届けなければ、この後、胸を張って領主とは名乗れん」

「そういうことなら止めはしない」

そんなやり取りをしている間に、巻き起こっていた爆風が収まった。

結界で守ったため、地形への被害は最小限だ。そしてニーズヘッグは相変わらず無傷。まぁ、向こうからしたら自分のブレスを相殺されたことのほうが驚きだろうが。

「これ、長引かせるとそのうち周りが焼け野原よ？」

「わかっているなら、さっさと討伐しろ」

「エゴール翁、リナレス。私の援護を。接近して斬ります」

自らトドメを刺すことを条件にあげているノーネームは、エゴール翁とリナレスに指示を出す。この距離では埒《らち》が明かないと判断したんだろう。

その判断は正しい。だが、相手も同じことを思ったらしい。

黒い瘴気《しょうき》がニーズヘッグの周りを覆う。

そしてその瘴気から一斉に何かが飛び出してきた。

■■■

飛び出してきたのは鳥だった。だが、普通の鳥ではない。骨だけの鳥だ。

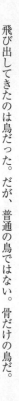

ニーズヘッグを覆っていた瘴気がその鳥たちに変化したのだ。

見るからに異形なその鳥は、普通の鳥とは思えない速度で飛んでいた。

それが数千の群れとなった街に向かってくる。

「ひぃぃぃぃぃ⁉⁉」

「なんだあれは⁉」

「こっちに来るぞ‼」

城壁の各所で悲鳴が上がる。

それに対して俺は何の対処もしない。

「都市の防衛は任せた。俺はノーネームの攻撃から周りを守る」

「ああいうのを防ぐのはあなたが一番得意でしょ？」

「俺の代わりに地形を守れるか、地形を守った状態であの竜を討伐できるなら代わるが？」

「嫌な返し。私たちが無能みたいじゃない、まったく」

リナレスはプンッと顔をそむける。

実際、リナレスやエゴール翁は防衛に向いていない。

半端じゃない攻撃力が二人の売りだ。防衛なんてさせず、強敵に対して一対一を仕掛けさせるというのが一番活《い》きる。

しかし、ノーネームがニーズヘッグにトドメを刺すことに拘《こだわ》る以上、この配置しかない。どれだけ雑魚が湧いてこようと、本体はニーズヘッグだ。放置はできない。

「来るぞ」

俺の言葉にリナレスがすぐに反応する。

街に接近する鳥の群れ。

それに対してリナレスは連続で拳を突き出す。それによって生じた衝撃が鳥の群れをどんどん消滅させていく。

目にも留まらぬ高速拳打。

だが、すべて消し去るには数が多かった。

「思いっきりやっちゃ駄目っていうのは面倒ねぇ。後は任せても？」

「任された」

残りは少数。

そいつらは城壁の向こう側に向かっていく。

まだ避難していない民も多い。都市に入られれば厄介だ。

しかし、エゴールは動かない。

「し、シルバー殿！　街に鳥が!!」

動かぬエゴールに痺《しび》れを切らし、ヴェンゲロフは俺に助けを求める。

だが、俺は結界でニーズヘッグの動きを止めつつ、強力な結界の準備に集中していた。横でノーネームが力を溜めている以上、こちらもしっかりと準備しなければいけない。

代わりにエゴールが一言告げた。

「もう斬った」

「え……？」

ヴェンゲロフは驚いたように残りの鳥を見る。

都市の中心部あたりに差し掛かった鳥たちは、瞬時にバラバラになって完全に形を失った。

「さっさと終わらせんか。わしらは防衛に向かんのじゃ」

「急《せ》かされても困る。あの巨体を動かないように封じつつ、地形を守る結界の準備もしている。こちらの苦労も知ってほしいものだ」

「転移で空へ飛ばしたらどうです？　空なら地形は関係ありませんよ？」

「あの巨体を空に浮かすのに、俺がどれほど魔力を消費すると思っている？　転移にしろ、別の方法にしろ、消滅したほうが安上がりなのは間違いない」

方法がないなら仕方ないが、周りには同格の実力者がこれだけいる。

そんな離れ業に頼る気にはなれない。

そもそもこいつらを送り返すのに転移をさらに使わなきゃいけないんだ。これ以上、魔力を失いたくはない。

せっかく回復したってのに、これ以上無駄使いしてたらまた眠る羽目になる。

ましてや、ニーズヘッグの出現には作為を感じる。

本部で俺だけが査問を受けていたら、こいつの相手は俺がしていた。地形を変えるような攻撃をしていたら、きっと査問はさらに面倒なことになっただろう。

そうなると魔力を消費する手段を使わざるをえない。

魔力と時間。俺はどちらも奪われていた。

帝国の誰かか、もしくは他国の誰かか。

目的はわからんがシルバーという冒険者が帝国にいると困る奴らがおり、そいつらの差し金とみるべきだろう。

まぁ、それだけ危険視されるのもわかる。あれだけ大っぴらに帝国へ肩入れすれば排除したくもなるだろう。

査問も含めて、すべてそいつらの差し金だとするなら……ここで思い通りに行動してやるのは癪《しゃく》だ。面倒だが、この問題児どもを最大限に利用して省エネといかせてもらおう。

「だから多少、地形が変わることは目を瞑《つぶ》るべきです」

「SS級冒険者がこれだけ揃《そろ》って、その程度のこともできないなら笑われるぞ?」

「そういうことなら……あなたの努力に期待しましょう」

そう言ってノーネームが冥神《ディス・パテル》を上段に構えた。

そして振り下ろす。強烈な閃光と共に魔力の奔流がニーズヘッグへと向かう。

俺は全力でニーズヘッグの動きを止めて、周りに結界を張る。

ブレスの予兆はない。いくら魔界出身の竜でも、この一撃が直撃すれば無事では済まないだろう。

そう思った時。

ニーズヘッグの前に瘴気が広がる。さきほどとは比べ物にならないほど濃い。

その瘴気がノーネームの一撃を代わりに引き受けた。

衝撃のあと、ニーズヘッグは無傷で立っていた。最初にノーネームの一撃を防いだのも、あの瘴気ということか。

ノーネームの一撃が相殺され、瘴気も消え去っているため、無敵というわけではなさそうだが、全力での攻撃が制限されている俺たちにとっては厄介な能力だ。

だが、もっと厄介なのは能力ではなく、それを使った者だ。

「ニーズヘッグの能力にしては妙だと思っていたが……」

ニーズヘッグの頭の上。そこに人影があった。

青いローブに身を包んだ魔導師風の人物。

だが、その顔は骸骨だった。

異形な姿と異形なオーラ。すぐにわかった。

そいつは。

「竜に加えて悪魔も一緒に復活していたか……」

悪魔との大戦期に封印された竜。悪魔が一緒に封印されていてもおかしくはない。

これは少し話が変わってきたな。

4

「目覚めてみたら、これほどの強者がやってくるとは……ワシも運が悪い」

「魔王軍の残党か。今更復活するとは、ずいぶんと遅いお目覚めだな？」

声が城壁の上にいる俺たちへと届いてくる。それに応じる形で、俺も向こうに声を届かせる。

悪魔は軽く笑う。

「返す言葉もない。集めた情報では、すでに五百年が経過しておるそうだな。わしとニーズへッグを封印した者どもはもうこの世にはおらんだろう。口惜しいが、同時に幸い。勇者のおらん人類など敵ではないわ。手始めに我らにしつこく歯向かった帝国と、勇者の末裔《まつえい》を滅ぼしてくれる!! そこを退《ど》け！」

そう言って悪魔は両手を広げる。

そして。

「ワシの名はガムジン。五百年前の借りを今、返させてもらおう！」

瘴気がガムジンから広がっていく。

悪魔は〝権能〟と呼ばれる特殊な力を持つ。それぞれが別々の能力であり、その効果範囲や威力、多彩さは魔法の比ではない。

多くの禁術は悪魔の権能を模倣することで生まれ、それですら危険と判断されて、禁術となった。それだけ悪魔の権能は絶大で、強力なのだ。

五百年前。悪魔が魔王に率いられて攻め込んできた時。人類は辛くも勝利したが、それは奇跡だったと伝えられる。

文字通りの総力戦であり、人類は本当にギリギリのところまで追い詰められた。

そんな魔王軍の残党。しかも竜を引き連れている。

厄介な相手だ。だが、現代だって負けちゃいない。

俺一人なら色々と策を弄する相手だろうが。

「悪魔の相手なんていつ以来かしら？」

「久しいのぉ。前に復活した悪魔はあまり歯ごたえがなかったでな。楽しみじゃ」

「シルバー、竜は譲ります。ですが、あの悪魔は私が斬ります。それは譲れません」

ここまでさしてやる気のなかった三人が、悪魔と聞いてやる気を見せ始めた。

特にノーネームからは殺気が感じられる。

おそらく勇者という言葉を聞いて、対抗心が刺激されたんだろう。

五百年前の悪魔が復活するのは珍しい。だが、初めてではない。俺自身も討伐経験があるし、リナレスやエゴール翁《おう》もある。

爺《じい》さんが体を乗っ取られたのも悪魔だし、それ以外にも何件か前例はある。その前例を踏まえると、悪魔は強いがＳＳ級冒険者で対処できないほどでもない。

魔王が復活したというなら話は別だが、ただの悪魔なら厄介なだけ。

脅威にはなりえない。

「やる気になったところ悪いが、周りへの配慮は継続だぞ？」

「まだそんなことを？」

「俺たちにとってはそんなことでも、ここに住む人たちにとっては大事なことだ。方法がないならまだしも、これだけ戦力が揃っているんだ。できないというのは通じない」

「前から思っていたけれど、シルバー。あなたって変なところで真面目ね」

「とはいえ一理ある。加減しながら討伐じゃな」

「そんなことをしているうちに被害が拡大したらどうするつもりですか？」

「できないならそう言え。俺がやる」

「……いいでしょう。その安い挑発に乗ってあげます。指示を」

「まずは奴《やつ》の権能を知ることからだ」

言いながら、俺は大きく広がった瘴気《しょうき》を見つめる。

先ほどはそこから骨だけの鳥が出てきた。

今度は何が出てくるか。静かに観察していると。

「悪趣味ね」

「まったくじゃな」

出てきたのは多数のモンスター。だが、すべて骨だけだ。

数は千を超えている。

「これである程度はっきりしたな。あいつは死霊使いだ」

死んだ魂を操り、一時的に復活させている。あれらはこの辺りで命を落としたモンスターたちだろう。

そうなるとあまり時間はかけられない。

「エゴール翁。あれで悪魔が復活すると思うか？」

「何とも言えんな。ただ、悪魔であれ、人間の強者であれ、復活させるならそれなりに時間と力がいるじゃろうて」

「準備させなきゃいいってことね？」

「そのための雑魚モンスターということでしょう」

復活させたモンスターで時間を稼ぎ、本命を復活させる。ニーズヘッグもいる中で、さらに強力な戦力を追加されるのはさすがに困る。

「さっさとモンスター群を倒して……」

指示を出そうとした時。

ニーズヘッグが口を開いてブレスの体勢を取った。

「モンスターは俺がやる。任せたぞ」

三人が先ほどと同じようにブレスの迎撃を行い、俺は確実にモンスターを仕留めきれる程度に威力を絞った無数の光弾を展開して、モンスター群を迎え撃つ。

だが、その時。

ガムジンは新たに鳥を出現させて、空から街へ向かわせる。

まったく。次から次へと。

魔力を消費するが、仕方ないと諦めて鳥の迎撃に移ろうとしていると。

「多少の侵入なら問題ない。街にはジャックがおる」

「あの酒飲みを信用しろと？」

「舐《な》めるでない。あれでも冒険者の端くれ。モンスターを見逃しはせん」

「……ならエゴール翁の判断を信じるとしよう」

俺は無理をしない範囲で鳥も迎撃しつつ、本命のモンスター群を確実に壊滅させる。

同時にニーズヘッグのブレスが発射され、エゴール、リナレス、ノーネームがそれを相殺する。

その衝撃から周囲を守りつつ、俺はため息を吐《つ》く。

本腰入れて大魔法で討伐するほどの魔力消費はないが、こういう小さなところで魔力が持っていかれる。

何事も上手《うま》くいかないものだ。

「エゴール翁がそこまでジャックを買っていたなんて意外だわ～」

「当たり前じゃ。酒飲みに悪い奴はおらん！」

「……街の方々に被害が出そうな場合、対処は任せます。シルバー。その間に私はさっさとあの悪魔を消滅させるので」

「そうならないことを祈るとしよう」

エゴールの根拠のない判断を信用してしまったことを少々後悔しつつ、俺はニーズヘッグが自由に動けないように結界で拘束する。

いざとなれば本当に被害度外視で消滅させるしかない。

皇国領内で厄介なものを復活させてくれたもんだ。これで甚大な被害を受けたら、皇国が荒れる。下手をすれば帝国に飛び火するかもしれない。

こういう馬鹿なことをしそうなのは魔奥公団《グリモワール》だが、果たして今回は関係しているのかどうか。

もしも関係しているとするなら。

「どれだけ災禍をまき散らせば済むのか……」

すでに俺の敵だと心に決めているが、もしかしたらこの場にいるSS級冒険者たちと共に滅ぼしたほうがいい組織なのかもしれない。

そんなことを思いつつ、俺は視界の端でどんどん都市に侵入する鳥たちを見て、小さく舌打ちをしたのだった。

5

カレリアの街に到着したジャックは、早々にほかのSS級冒険者たちとは別れ、美味《うま》そうな酒を探す旅に出ていた。

しかし。

「どこもやってねぇじゃねぇか……」

人のいない街を歩きながら、ジャックはそうつぶやく。

当然ながら、竜が街に迫っている状況で店を開くような人間はいない。

さらに多くの民がすでに西門に避難しており、店を開く意味もない状況だった。

「酒、酒、酒……酒はねぇのか……？」

街をフラフラと徘徊《はいかい》する危険人物となりながら、ジャックは酒を求め歩く。

そんなジャックの前に開いている小さな宿屋が見えた。

「宿屋!? 酒くらい置いてんだろ！」

見つけるやいなや、ジャックは即座に宿屋の扉を開けた。

中では数人の老人が軽く酒を飲んでおり、物珍しそうにジャックを見つめていた。

「なんじゃ？　見ない顔じゃな？」

「旅しててな。酒が飲みたいんだが？」

「こんなときに来るなんて運の悪い奴じゃなぁ」

老人たちは苦笑しながら、そうつぶやいた。

もはや逃げることを諦めている。そんな様子だった。

「わしらみたいな老いぼれは今更、他の所じゃ生きられん。この街で死にたいんじゃ。しかし、あんたは違うじゃろ？　悪いことはいわんから逃げなさい」

「わざわざカレリアの酒を飲みに来たんだ。飲まずには逃げれねぇな」

「変わっとるのぉ。ニーナちゃんや！　あんたと同じ変わり者が来たぞー！」

そう言って老人たちは宿屋の奥へ声を掛ける。

すると十代後半くらいの、エプロン姿の少女が出てきた。

茶色の髪に少しそばかすのある少女だ。愛嬌《あいきょう》のある笑みを浮かべ、ジャックに席をすすめる。

「はいはい！　いらっしゃいませ！　お一人ですか？」

「ああ、一人だ。とりあえず酒をくれ。つまみも適当に」

「はい！　わかりました！　少々、お待ちください！」

一人で切り盛りしているのだろう。

ニーナと呼ばれた少女は忙しそうに奥へ戻り、老人たちに食事を配膳していく。

その様子を見ながらジャックは酒を待つ。

そしてすぐにジャックの下に酒とつまみが届いた。

「ありがとよ、嬢ちゃん」

「いえいえ。カレリアのお酒は絶品ですから！　楽しんでくださいね！」

「ニーナちゃんや。お客さんにも酒を出したことだし、もう逃げなさい。悪いことはいわんから」

「逃げたとして、逃げ切れる保証はないでしょ？　なら、寝ているお父さんとお父さんの店を守りたいんです。お父さんは冒険者のためにこの宿屋を開いたんです。モンスターが来たからって閉じてたら、この宿屋の意味がないじゃないですか！」

酒をグラスに注ぎ、ジャックはゴクリと飲み干す。

多くの酒を飲んできたジャックでも美味いと感じる酒だった。さすがは名酒の街として名前が広まるだけはあると、感心しながらジャックはニーナに問いかけた。

「立派だな……嬢ちゃん。親父《おやじ》さんは？」

「病で寝ています。そんなに重くはないんですが、遠くには……」

明るかったニーナが初めて暗い表情を見せた。

その表情を見てから、ジャックが再度酒を飲むと先ほどよりも美味《おい》しくはなかった。

やはり酒は愉《たの》しい気分で飲むのが一番だな、とジャックはため息を吐いた。

そんな中、宿屋の二階からガタガタと物が落ちる音がした。

ニーナが何事かと二階へと続く階段を覗《のぞ》く。

「ちょっ!?　お父さん！　何してるの!?」

「それはこっちのセリフだ……早く逃げろ……！」

手すりを掴《つか》みながら、どうにかこうにかという様子でニーナの父親は階段を降りてきた。

そして一人で酒を飲んでいたジャックに目を向ける。

「あんた……冒険者だな……？」

「だとしたら？」

「うちの娘を連れて逃げてくれ……」

冒険者のために宿屋を開き、長年冒険者を見てきたニーナの父親にはジャックの実力の一端が見て取れた。

そもそもこの異常事態に慌てた様子もなく、酒を飲んでいるというのはありえないことだった。

経験の伴わない冒険者ならば、これをチャンスととらえて迎撃に向かう。ある程度の経験を持つ冒険者ならば、いるだけ無駄だと避難する民の護衛に向かう。

そのどちらでもないジャックは、ニーナの父親には奇特に見えた。しかし、だからこそニーナの父親はニーナのことを頼んだ。

「今更逃げても遅《お》せぇ。もう竜は城壁前だ。冒険者の迎撃に期待するんだな」

「竜を食い止められたとしても……戦闘の余波が来るかもしれない……」

「今、城壁には冒険者ギルドが派遣した高ランクの冒険者がいる。そんなヘマはしねぇよ」

「何が起きるかわからん……！　頼む……！」

「くどい。いくら積まれようとその依頼は受けん。逃げる意思のない奴を無理やり逃がすなんてごめんだな」

「そうよ！　お父さん！　私はお父さんとこの店にいるの！　そう決めたんだから！」

ニーナはそう言って父親を二階に押し戻す。

無理をしたせいか、父親はせき込み、ニーナに逆らうこともできない。

少しして、ニーナが戻ってきた。

　そして頼んでいない酒がジャックの前に出てきた。

「頼んでねぇが？」

「迷惑代です。父がすみませんでした」

「……父親なら当然だ」

　愛した娘が自分と自分の店を守ろうとしてくれる。

　どれほど嬉《うれ》しいことか。

　しかし、嬉しいからこそ受け入れられない。

　ニーナの父親の気持ちはジャックにもわかった。

　だが。

「なら、どうして依頼を受けなかったんですか……？」

「親の勝手で娘の信念を曲げちゃいけねぇ。俺にも娘がいるからな……」

　決して逃げないという意志をニーナから感じたからこそ、ジャックは依頼を受けなかった。

　逃げて欲しいと思うのは親の勝手。娘には娘の考えがある。

　自分の勝手で妻と娘が離れていったジャックにとって、それは受け入れられない依頼だった。

「どんな娘さんなんです？」

「さぁな。もうずっと会ってない。いつか会えればいいと思っているが……決めていることがある。どんな生き方してても、その生き方は否定しないって決めてんだ」

　ジャックは小さかった娘を思い出しながら、酒を飲む。

しかし、酒は不味《まず》くなる一方だった。

当然だった。最後に見た小さな娘の姿は、任務に向かうジャックに泣きながら手を伸ばす姿だった。

行かないでと言われてもジャックは顧みなかった。

任務をこなし、冒険者としての高みに登ることだけを優先した。家族にかける時間はその後にたくさんあると思っていた。

その苦い記憶が酒を不味くする。

いつもそうだ。美味いと思うのは最初だけ。その後はずっと不味い。

「良いお父さんですね。お客さん」

「良いお父さん？　俺がか？　言っておくが、俺は妻と娘に逃げられてんだぞ？　俺の勝手が過ぎたせいでな」

「けど、娘さんを想《おも》っているんでしょ？　うちのお父さんと一緒です」

「はっ……嬢ちゃんの親父さんほど立派じゃねぇよ」

そう言ってジャックが自分を笑った時。

老人たちが騒ぎ出した。

「ニーナちゃんや！　外にモンスターがおるぞ！」

「隠れるんじゃ!!」

ちょうど、一羽の鳥が店の外から突っ込んできた。

窓が割れ、老人とニーナが悲鳴をあげる。

しかし、それと同時に鳥は一瞬で塵《ちり》になっていた。

「え……？」

「なにしてやがんだ……あいつらは」

呆《あき》れながらジャックは、いつの間にか構えていた弓を肩にかつぐ。

そしてそのまま懐を漁《あさ》る。

「あれ？　たしか一枚くらい残ってたはずなんだが……ああ、あったあった」

そう言ってジャックは懐から出てきた硬貨を見て、顔を引きつらせる。思っていたよりも高価な硬貨だったからだ。

しかし、仕方ないと諦めてその硬貨をテーブルに置いた。

「美味い酒とつまみだった。つりは好きに使ってくれ」

「え？　え、え、えええええええ!?!?」

ニーナはテーブルに置かれた硬貨の色を見て、震えながら叫んだ。

そこには虹貨が置かれていたからだ。

「お、おつりって……」

「親父さんの治療費にでも使え。持ち合わせはそれしかないんでな」

「そ、そんな！　いただけません！」

「美味い酒と……嬢ちゃんの肝っ玉への代金だ。余るようなら俺がまた来たときはタダにしてくれ」

「……あなたは……一体……？」

「俺はジャック。ランクはＳＳ級。これでも弓だけは大陸一なんだぜ？　妻と娘には逃げられてるけどな」

そう言いながらジャックは店を出る。

そして空を見上げてため息を吐《つ》いた。

「ふざけてんのか？　あいつら」

街の上空には無数の鳥が飛んでいた。

それが街に入るのをエゴールたちが防いでいるようだったが、手が足らずに少しずつ街に侵入され始めているようだった。

それを見て、ジャックは一本の小さな矢を取り出した。

おもちゃのようなその矢に魔力を通すと、細長い矢へと変化する。

それをジャックは弓に番《つが》えて、天空に向かって構えた。

「乾坤一擲《けんこんいってき》――天を駆け、雨となり大地に還《かえ》れ！　魔弓奥義……集束拡散光天雨!!」

かつてミアが使った魔弓奥義。それと同じモノを詠唱したあとにジャックは矢を放った。

光を纏《まと》った巨大な矢は空高くあがると、都市に向かって降下してくる。

それと同時に光の矢は拡散を始めた。

その拡散はミアの比ではなく、万を超える小さな矢が都市に雨のごとく降り注ぐ。

驚くべきはそのすべてに無駄がなかったことだ。

一本一本が空を飛ぶ鳥を捉え、寸分違《たが》わずに射抜いていく。

たったの一撃で都市の空から鳥が消え去った。

それを確認すると、ジャックは一瞬で城壁に移動した。

「どういう風の吹き回しだ？　ジャック」

「お前たちが遊びすぎて、酒が不味いだけだ。さっさと片付けるぞ」

そう言ってジャックは都市の前に立ちはだかるニーズヘッグと、その頭にいる悪魔を見据えたのだった。

6

「さすがジャックじゃのぉ。あれだけいた鳥が一羽もおらんくなったわい」

「魔弓使いに数の利は通用しねぇからな。っていうか、お前らは何してんだ？　面倒そうな相手だが、四人もいれば一撃でどうにかできんだろ？」

ジャックが怪訝《けげん》な表情で俺たちを見つめる。

それに対して俺はさっさと答える。

「周りへの被害を考えて、攻撃の威力を制限している」

「威力を制限？　威力しか取り柄がない奴《やつ》らに威力を制限するとか馬鹿か？　あそこにいるの

は竜と悪魔だぞ？　仮面の位置、間違ってねぇか？　よく見ろ」

「あながち間違ってないから許してやろう。酒飲みのわりには真っ当な意見だ」

「ああん？」

ジャックが俺の物言いに対して、殺気立って睨《にら》んでくる。

思わず、それに対抗して殺気を出しそうになる。

落ち着け。俺は常識人だ。

「一応聞いておくが、クライドの話は聞いていたか？」

「あん？　何か話してたか？」

予想していた答えに俺はため息を吐く。

いや、呆れるのはちょっと違うか。そもそもこいつは最初から討伐に参加する気はなかったわけだし、聞いてるわけない。参加する気があったとしても聞いていたか怪しいが。

「クライドが地形を破壊するなと言ったからな。あの竜と悪魔は最小限の被害で討伐する。だから、俺がサポートしつつ、そこの三人は手加減しながら戦っていたわけだ」

「手加減？　こいつらが？　竜に編み物でもさせたほうが上手《うま》くいくぞ？」

「俺もそう思うが、人手不足だったのでな。そもそもお前が最初からいれば何の問題もなかったんだが？」

「私たち、貶《けな》されてるのかしら？」

「仕方あるまい。わしらは手加減下手じゃ」

「だから言っているじゃありませんか。地形破壊を考慮するのが間違っているんです」

三人がそれぞれの反応を示す。

複雑そうなリナレスに、諦めのエゴール。そしてそもそも最初から間違っていると主張するノーネーム。

こいつらはパワーでごり押しタイプのせいか、この局面では役に立たない。

単体で強いタイプの悪魔なら、こいつらでもどうにかなったが、ガムジンはどう考えても搦《から》め手《て》タイプ。基本的に手数で勝負するタイプだ。

手数に対応するとついつい、周りを破壊するこいつらとあいつは相性が悪いと言わざるをえない。

まぁ、本来ならそんな相性なんて発生しないんだが。

「SS級冒険者が四人も揃《そろ》って、ちまちまやるとは思わねぇだろ。俺の出番があるとは思わなかったぜ」

「諦めろ。半分以上が使えない」

「報酬は俺とシルバーの山分けでいいんじゃねぇか？　悪魔は俺がやる。竜は任せたぞ」

「話が違います。トドメは私に譲るはずです」

「私ももうちょっと動きたいわ～」

「わしも～」

「はぁ……」

どこまでいってもこいつらは遊び気分だ。

制限があるから時間がかかっているとはいえ、やろうと思えば一撃でどうにかできるからだろうな。

本気で全力。それを出す相手ではないからこそ、真剣さは出てこない。

誰か一人だけのほうが、よほど真剣だっただろう。

「それで？　シルバー。悪魔はともかく、竜はどうやって討伐する？　まさか用意してないなんて言うなよ？」

「馬鹿にしないでもらおう。もちろん用意してある」

そう言って俺はニーズヘッグの足元を指さす。

「反発の魔法を仕込んだ。これでニーズヘッグを空に浮かすことができる。そこで翼を奪い、さらに上に跳ね上げる。空なら遠慮なく攻撃できるだろう」

「結局、空にあげるなら最初から転移で飛ばせばいいじゃありませんか」

「何度も言わせるな。俺の魔力は貴重なんだ」

ノーネームに言い返しつつ、俺は話を続ける。

「チャンスは一度。さらにまず、あの悪魔を引きはがさないといけない。誰がやる？」

「では、私が」

「使えない奴がしゃしゃり出てくるな。失敗したらどうすんだ？」

「誰が使えないと？」

「お前だよ。使えないほうの仮面だ」

「……ジャック。あの悪魔と竜の前にあなたと戦ってもいいんですよ？」

「はっ！　適切な手加減もできないのに俺と戦う？　寝言は寝て言え」

「あなたとの戦いに手加減は必要ないでしょ」

「今の発言でまた差が出たな。冒険者としてもお前はシルバーに劣る。自分が拠点とする国で手加減なしで俺と戦う？　国が滅びるぞ？」

「望むところです。皇国に思い入れはありませんから」

ジャックとノーネームの殺気が膨れ上がる。

エゴールとリナレスはやれやれといった様子で、止める気配はない。

まったく。個性が強いってのも考えものだな。

「つまらん言い争いはそこまでだ。冒険者だと言うなら結果で示せ」

「結果？」

「伊達《だて》にSS級冒険者をやっているわけではないだろう。流れの中で出来る奴が討伐しろ」

ここでSS級冒険者同士の戦いなんて御免だ。

モンスター討伐どころじゃない。

「その勝負に勝ったら何があるんだ？」

「俺の報酬をくれてやる」

「はっ！　まぁ悪くねぇな」

「私に得はありません。お金に困ってはいませんし、そもそもトドメは私に譲るという約束のはず」

「なんだ？　自信がないのか？　なら俺がさっさと片付ける。引っ込んでろ」

「……いいでしょう。あなたのその不遜な態度が崩れるのを見るのも一興です」

最初の話を持ち出したノーネームに対して、ジャックは安い挑発を行い、それにノーネームが乗る。

冒険者の最高峰。ＳＳ級冒険者同士のやり取りとはとても思えないが、これが最高峰なのだから仕方ない。

「リナレス、エゴール翁《おう》。そういうことだ。竜は任せても？　目覚めたばかりか、ニーズヘッグの動きは鈍い。二人で十分だと思うが？」

「いいわよ。じゃあ、私はノーネームに賭けようかしら。今回の報酬」

「それじゃあ、わしはジャックじゃ。多少、手が滑って援護しても構わんな？　シルバー」

「好きにしろ……」

ったく。どこまでいっても遊び気分。そこにあるのは周りの被害を気にしなければ、すぐに討伐できるという自信だ。実際、長く封印されていたニーズヘッグは、寝起きのような状態で脅威ではないし、ガムジンも戦闘が得意そうなタイプではない。きっと、戦闘面はニーズヘッグと組むことで補っていたんだろう。

奴らの敗因は自分たちの力が戻る前に動いたこと。隠れていれば、結果は違っただろう。俺たちが五人で来ることもなかっただろうしな。

　今回の場合、冒険者ギルドが要請を受けたのはＳＳ級冒険者の派遣のみ。それに対して五人来たのは気まぐれみたいなものだ。

　個人指定の相場、虹貨三枚が適用ということはないだろう。たぶん一人、虹貨一枚か二枚くらいだ。しかし、それを簡単に賭けるあたりどうかしている。

　これだけの虹貨が動いたら、小国なら財政が傾くぞ。

「すまんな、領主殿。訂正だ。参戦するＳＳ級は五名。そして大変申し訳ないんだが、討伐はゲーム形式だ」

「ま、まぁ……それでも討伐していただけるなら……」

「いざとなれば俺が結界で地形は保護しよう。興が乗ると何するかわからないからな、こいつらは」

　ヴェンゲロフにそう言いつつ、俺はノリノリなエゴールとリナレスを見て、仮面の中で顔をしかめる。

　さすがに全員の興が乗ったら地形を守るのはきつい。

「……勝負は悪魔の討伐。ノーネームの援護はリナレス。ジャックの援護はエゴール翁。俺は全員の援護に回る。悪魔が竜から離れたタイミングで、魔法を発動させる。援護はそれまでの間だけだ。もちろん、直接の妨害もなしだ。あと、地形を破壊したら勝負は無効だ。いいな？全員に適用だぞ？」

「任せてちょうだい」

「任せるのじゃ」

「早く始めろ。瞬殺だ」

「いつでもどうぞ」

すっごい不安だ。

どうしよう。

このまま行くととんでもない密度の結界を張ることになりかねん。

ふと、俺はそこで思いつく。

そうだ。逆転の発想をしよう。

「万が一、地形を壊した場合、そいつが自腹で補填《ほてん》しろ。いいな？」

「なにぃ!? 聞いてねぇぞ!?」

「いいでしょう。任せてください」

「ちなみに、破壊しない努力が見られない場合は負けだぞ？　金を出すから地形を壊していいなんて馬鹿なことは考えるな？」

「……もちろんです」

考えてたな、こいつ。

なんてやつだ。

危ない危ない。

油断も隙もあったもんじゃないな。

だが、これだけ言えばどう転んでもどうにかなるな。

打てる手は打った。

あとは神のみぞ知るというやつだろう。

「では行くぞ。討伐開始！」

俺がそう言うと同時にジャックが神速という言葉が相応《ふさわ》しい速度で矢を放ったのだった。

7

「あらあら。せっかちな男は嫌われるわよ？」

ジャックの早撃ちに対して、真っ先に行動したのはリナレスだった。

というか、あれは予想していて同時に行動してなきゃ間に合わない。

リナレスは前方に跳ぶと、ジャックの放った矢を土台にしてさらに空へ跳んだ。

「はぁっ⁉」

土台にされた矢は軌道がずらされて、ガムジンに届く前に地面に落下してしまう。

ジャックの矢ならば滅多《めった》に軌道は変わらないだろうが、リナレスの土台にされては仕方ないだろう。蹴りを食らったようなもんだ。

「おい！　シルバー！　あれありか⁉」

「直接の妨害ではないからな」

「ちっ！　ざけんな！」

悪態をつくジャックを尻目に、リナレスは攻撃態勢に移る。

「ご機嫌はいかが？　悪魔さん」

「あまり良いとは言えんな」

ガムジンは接近してきたリナレスに対して、無数の鳥を出して迎撃する。

高速移動する鳥は、異常な軌道をする矢と変わらない。

しかし。

「あら？　良い足場」

リナレスは苦も無くその鳥を足場にして、さらにガムジンへ接近する。

足場にされた鳥たちはその衝撃に耐えきれず、破裂していく。

そのままいけば、リナレスはニーズヘッグの頭部に着地しただろう。

しかし。

「ひどいわ！　エゴール翁！」

「おっと？　お主の足場もあったか？　うっかり、うっかり」

笑いながらエゴールは城壁に佇《たたず》んでいる。

動いた様子はないが、生み出された鳥はすべて斬り捨てられていた。

抜いた瞬間すら見せない早業だ。

わざわざ構えて斬ってしまうと地形が変わってしまうということだろう。

リナレスは足場を失い、一度地面に着地する。

それでリナレスの動きは一時止めたが、本命のノーネームはすでに動き出している。

SS級冒険者で空を飛べるのはノーネームと俺だけ。

そんなノーネームは、リナレスに気が向いていたガムジンの懐に潜り込んでいた。

直接の妨害は不可能。接近戦が苦手だろうガムジンの懐に、ノーネームが潜り込んだのだ。

これで終わりだろう。

ジャックもガムジンへ向けて矢を撃つが、ノーネームのほうが早い。

「終わりです」

そう言ってノーネームは冥神《デイス・パテル》を振るう。

しかし、その瞬間。骸骨の剣士が二人、ノーネームの冥神《デイス・パテル》を止めた。

「どちらも手練《てだ》れの剣士じゃ。突破できるか？」

「あまり死者を愚弄しないほうがいいでしょう。碌《ろく》な死に方はしませんよ？」

「わしは死なん」

「では、私が殺します」

ノーネームはそういうと二人の骸骨剣士と打ち合い始めた。

不安定な竜の頭の上。さらには二対一。軽く見ただけで、瘴気《しょうき》から生み出された骸骨剣士はかなりの手練れだ。

それに対して、ノーネームは純粋な剣術勝負を仕掛けて圧倒していた。冥神《ディス・パテル》という強力な魔剣だけがノーネームの力じゃない。

剣士としても超一流だからSS級冒険者なのだ。

しかし、足止めは食らった。そうなると危険なのは。

「はっ！　俺の勝ちだな！」

ジャックはガムジンを撃ち抜くために矢を放つ。

邪魔の入らない矢はガムジンへ真っすぐ向かうが、ニーズヘッグが巨大な牙でその矢をかみ砕いた。

竜を狙った一撃じゃなかったため、威力不足なのだ。

「ちっ！」

ジャックは次の一撃を放とうとするが、狙いを定めた瞬間。

標的が大きく動いた。

正確には土台であるニーズヘッグが崩れたのだ。

リナレスの一撃で。

「無視されると悲しいわ」

地上から地面を蹴って跳躍したリナレスは、ニーズヘッグの腹部に強烈な正拳突きをお見舞いしていた。

「次から次へと！」

ガムジンはニーズヘッグにリナレスを狙わせる。

頭部で戦っていたノーネームと骸骨剣士たちは、乱れる足場を嫌い、ニーズヘッグの背中へと移動して剣を交えている。

ニーズヘッグはそんなノーネームたちを放って、リナレスにその牙を向けた。

しかし。

リナレスはその牙を受け止めた。巨大な牙を真正面から。

「竜ってもっと力がある生き物だと思ってたわ」

「ナイスアシストだぜ！　筋肉オネエ」

「失礼ねぇ」

リナレスに抑えられて、ニーズヘッグの動きが完全に止まる。当然、ガムジンの動きも止まった。そこを逃さず、ジャックがガムジンへ矢を放つ。しかし、リナレスはそんなジャックの矢が届く前にニーズヘッグを解放してしまう。

「おい⁉」

「ご苦労様。やってちょーだい。ノーネーム」

「協力に感謝します」

いつの間にか骸骨剣士たちを始末していたノーネームが、ガムジンへ再度向かう。

ガムジンは瘴気からいくつものモンスターを呼び出し、ノーネームの足を止めようとするが、ノーネームはそのモンスターたちを意にも介さず斬り伏せながら、ガムジンに近寄っていく。

終わった。

そう思った瞬間。

エゴールが刀を振るう。

「やらせんわい」

エゴールの斬撃がニーズヘッグを襲う。

ニーズヘッグの翼がその斬撃によって斬り落とされた。ニーズヘッグは耐えきれずにその場で崩れ落ちる。

それを見て、ガムジンは瘴気を纏《まと》いながらニーズヘッグから離れる。傍《そば》にいるより、離れたほうがいいと思ったんだろう。

そのせいで、ノーネームはまた攻撃のチャンスを失ってしまう。

問題なのは今の斬撃。

全力とは程遠いが、俺が咄嗟《とっさ》にニーズヘッグの後方に結界を張っていなければ、周りに被害を出していただろう。

「次はないぞ。エゴール翁《おう》」

「お茶目《ちゃめ》じゃ、お茶目。それに次はやってこんよ」

「もちろんだ」

すでにジャックが構えていた。

さすがにこれは終わりだろ。

空に逃げたガムジンに狙いはついている。外すようなジャックじゃない。

だが、ガムジンは目くらましのつもりか、大量の鳥を生み出した。

その鳥たちがカレリアの街へと向かっていく。

ガムジンを射抜いたとしても、すぐに消滅する保証はない。

俺が迎撃しようと、準備したとき。

「ちっ！」

舌打ちと共にジャックがその鳥たちを撃墜した。

「な、何しとるんじゃー⁉⁉」

エゴールが叫んだとき、ノーネームが空に逃げたガムジンへ突撃していた。

「馬鹿な……⁉　勇者でもない人間ごときに……！」

「勇者だけが人類の強みだった時代はもう終わっています」

「このっ……！」

「さぁ、死を体感する時間です」

黒い光を纏った冥神《ディス・パテル》がガムジンを貫く。そのまま黒い光がガムジンを飲み込み、ガムジンの体は完全に消滅させられた。

同時に俺は反発の魔法を発動させる。翼を失ったニーズヘッグが空に打ち上げられた。

そんなニーズヘッグの真下。リナレスが構えを取っていた。

「竜の生命力は馬鹿にできないから、しっかりと打ち込まないとね。これまでは遊びだったけど、これはそれなりに本気よ。五百年……人が磨いた拳打の神髄を味わいなさい」

右拳を引いた状態で、リナレスは地面を蹴った。それだけで地面にひびが入る。

例えるなら火山の噴火。

猛烈な勢いで空に打ちあがったリナレスは、翼を失い、空での自由を失ったニーズヘッグに迫る。それに対して、ニーズヘッグは迎撃のブレスを放った。

黒い奔流。強大な竜のブレスがリナレスに向かう。

だが、リナレスはそれに対して正拳突きを放った。

大陸広しといえど、竜のブレスに拳で対抗するのはあいつくらいだろう。

激しい光が空に広がる。

最初は互角。だが、徐々にリナレスが押し始めた。

エゴール翁と並んで、SS級冒険者の脳筋ツートップだ。

鍛え上げられたその体から放たれる拳打は、俺の大魔法に匹敵する。

放つ攻撃すべてが一撃必殺。

厄介なのはただの拳打ということだ。

つまり、連打も可能ということだ。

ブレスを押し込み始めたリナレスの左手が動き始めた。右、左とどんどん正拳突きが重ねられていく。

やがてニーズヘッグのブレスがリナレスの連打の前に霧散した。阻むものがなくなったリナレスの拳がニーズヘッグに直撃した。

だが、それがいけなかった。強力な一撃のせいで、より高くニーズヘッグが打ち上げられる。

「あら？　やりすぎたわ。はぁ……美しくないわ」

リナレスとニーズヘッグの距離が開く。リナレスは落下に入っており、その間にニーズヘッグの翼が再生していく。

その気になればリナレスも追撃できるんだろうが、トドメの一撃を繰り出そうとして、相手を大きく打ち上げてしまったことに、萎えてしまったようだ。

「あとは頼むわねー、シルバー」

「いい加減なことだな」

やるなら最後までやれと思うが、すでにリナレスはやる気を失っている。自分の美学で動く奴《やつ》に対して、やる気を出させるよりも俺がやったほうが早いだろう。

それにさすがは魔界の竜というべきか、ニーズヘッグは驚異的な速度で再生を始めている。

放っておけばどこかに飛んで行ってしまう。今が奴を討つチャンスだ。

せっかく魔力を温存できると思ったが……そう甘くはないらしい。

静かに空へ向かって右手を上げる。

あの再生力だ。徹底的に消滅させるしかないだろう。上手《うま》く操っていたらしいガムジンがいない今、世に放つにはあまりにも危険すぎる竜だ。

《彼《か》の者は天帝なり・九天のすべてが彼の者と共にある・天空の君臨者・万物の掌握者・空の

すべてをその手に・大地のすべてを睥睨《へいげい》する・天意の神槍《しんそう》・破滅の閃光《せんこう》・天を統《す》べる彼の槍《やり》を
今呼び出さん――グングニル》

蒼穹《そうきゅう》を思わせる蒼《あお》い澄んだ光と共に、巨大な魔法陣が展開される。

その魔法陣の中央から虹色に輝く槍が出現した。

狙いは空に浮かぶニーズヘッグ。あれだけ上空にいるなら、周囲の被害を心配する必要もない。

ニーズヘッグは翼を再生しきって、ブレスによる迎撃に移ろうとする。逃げないあたり、竜らしいといえばらしい。

自分のブレスならば相殺できると思っているんだろう。実際、翼を再生して、万全の状態に

なったせいか、今までで一番、力を感じる。

だが、結果は変わらん。

すでに審判は下された。逃げようが、足掻《あが》こうが意味はない。

ニーズヘッグがブレスを吐くと同時に、俺の天槍《てんそう》も空へ向かって発射された。

槍は徐々に巨大化していき、ニーズヘッグのブレスと衝突。

そして苦も無くブレスを飲み込み、ニーズヘッグもすぐに虹色の槍によって消滅させられた。

槍はそのまま空高くまで飛んでいくと、一気に爆散した。

轟音《ごうおん》と地響きが遅れて街を襲う。だが、空での出来事だったため、周りの地形も街も、揺れる程度で済んだ。

悪魔と竜。

強いことは強かったが、これだけの戦力がいれば苦戦するような相手じゃない。伊達《だて》に俺たちはSS級冒険者を名乗っちゃいない。

大陸を滅ぼしかねない脅威に対して、対処できるからこそ、俺たちはその称号を名乗れるのだ。

こうしてSS級冒険者五名による悪魔と竜の討伐は終了した。時間はかかり過ぎだが、地形が変わらずに討伐できたことは朗報といえるだろう。

8

「何やっとるんじゃ⁉　あっちを狙う冒険者なんてそうはおらんぞ⁉」

「うるせぇな！　狙っちまったんだから仕方ねぇだろうが！　クソジジイ！」

「何のために援護要員がいると思っておるんじゃ⁉　酒を飲みすぎて基本的な連携を忘れたか⁉」

「酒は関係ねぇだろうが！　大体、対応が遅《お》せぇんだよ！」

「わしがやらんでもシルバーがやってたわい！」

「他力本願してんじゃねぇ！」

ジャックとエゴールは城壁の上で醜い殴り合いを繰り広げている。

そのレベルの高さに城壁の上にいた多くの人間が、巻き込まれないように城壁から降りてしまっていた。

まったく……。

「いい加減にしろ。二人とも」

「もう終わったんだからわめくな！　クソジジイ！」

「この馬鹿者が！　自分の懐が痛まんからといって開き直るな！」

「ああん!?　ん……？」

エゴールの言葉にジャックが動きを止めて、その場で少し考え込む。

そうだ。ジャックは負けたとしても失うものはない。

ジャックが勝てば俺が報酬をやると言ったが、ノーネームはそこについては何も言っていない。

金にも困っていないとも言ってたし、あとから言い出すことはしないだろう。

一方、互いに援護をしていたリナレスとエゴールは二人で賭けをしていた。負けた以上、今回のエゴールの報酬はリナレスに移行する。しかし、ジャックは普通に報酬を貰《もら》える。

さっきの場面も、言い分的にはエゴールが正しい。城壁に俺とエゴールがいたのはさっきみたいな攻撃に対応するためだ。

ジャックが対応してしまったら、俺とエゴールがいる意味はない。エゴールとしては前線に出たほうがよかったという気分だろう。

そんなエゴールに対して、自分の懐が痛まないと知ったジャックはニヤリと笑う。

そして。

「ざまぁねぇな。クソジジイ」

「誰のせいじゃと思っておるんじゃ⁉」

「勝手に賭けてたせいだろうが！　自業自得だ！」

「なんじゃと⁉　酒仲間のよしみでお主についてやったというのに！　お主！　酒を奢《おご》れ！」

「嫌に決まってんだろうが！　俺の金で買うのは俺の酒だ！」

「もう許せん！」

「かかってこいや！」

一度は止まった殴り合いが再度勃発してしまう。

そんな中、ノーネームとリナレスが城壁に戻ってきた。

「あらあら、仲間割れかしら？　みっともないわよ？」

「仲間じゃねぇ！」

「こっちのセリフじゃ！」

リナレスの言葉に反応しつつも、二人は拳を出し続ける。

もうそこらの冒険者じゃ見ることもできない速さだ。

「……ジャック。質問があります」

「ああん？」

「隙ありじゃ！」

「ねぇよ!!」

ノーネームの言葉に反応したジャックに対して、エゴールは容赦なく右ストレートを繰り出した。

それに対して、ジャックも右ストレートを繰り出す。

どちらも狙いを外さず、互いの頬《ほお》を殴って吹き飛ぶ。

「のわっ!?」

「やりやがったな!?」

どちらも再度距離を詰める気満々だったが、その間にノーネームが入った。

そしてジャックと正対する。

「質問があります」

「しつけぇな……なんだよ？」

「なぜ悪魔を狙わなかったのですか？」

「知るか。体が動いただけだ」

「あなたほどの実力者なら咄嗟《とっさ》の体の反応も止められるはずです」

「……この街の酒が美味《うま》かった。それだけだ」

そう言うとジャックは舌打ちをしながら踵《きびす》を返す。

どうやらもう喧嘩《けんか》をする気はないらしい。

「さて、引き上げるが……まだ何かあるかもしれん。一人はここに残ってほしいんだが？」

「俺が残る」

「いえ、私が残ります」

ジャックが申し出たあと、ノーネームがそう名乗り出た。

珍しいな。

「どういう風の吹き回しだ？　皇国に興味はないといっていたはずだが？」

「私が適任のはずです」

「それはそうだな。しかしお前にどんな得がある？」

「たまには冒険者らしいことをしようかと」

「ジャックとの間に差でも感じたか？」

「……想像に任せます」

そういうとノーネームは城壁を降りていく。

ジャックはずっと怪訝《けげん》な表情を浮かべているが、ノーネームが残ることに反対ではなさそうだな。

「他に残る奴は？」

「おらんのぉ」

「いないわ」

「あいつが残るってんなら好きにさせるさ」

三人の意見を聞いた後、俺は冒険者ギルド本部への転移門を開いた。

そして俺たちはギルド本部へと戻ったのだった。

■■■

次の日。

俺はフィーネの部屋にいた。

「とりあえずこっち方面はどうにかなったな」

「皆さんのおかげですね」

「まぁ、問題を増やしてくれた気もするけどな」

俺がため息を吐《つ》くとフィーネは優しく微笑《ほほえ》む。

しかし、その笑顔もすぐに真剣なものへ変わる。

「ですが、これで終わりではありません」

「そうだな。帝国の問題は何も解決してない。君は今日にも出発するのか？」

「はい。なるべく早く戻るようにします」

「無理をしなくていい。君の助けは十分すぎるほど受けた。ゆっくり戻ってきてくれ」

「そういうわけにはいきません。私が早く戻らないとイネス隊長も戻れませんから」

たしかにこの状況では近衛《このえ》騎士隊長の存在は大事になってくる。

イネスが帝都に戻れば、それだけ他の近衛騎士隊長が楽になる。やれることも増えるということだ。

しかし。

「それでも気をつけて戻るんだ。まぁイネスなら心配ないと思うけどな」

「……交渉の出番はないとお考えですか？」

「……ゴードンに対しては無意味だろうな。もはや討つしか手はない」

「そう、ですか……」

フィーネは沈んだ表情を浮かべる。

ゴードンに対して情けをかけているわけじゃない。

俺かレオか。

どちらかが兄を手に掛けることに沈んでいるんだろう。

「……皇族の問題だ。皇族が始末をつけるのは当然だ」

「しかし、皇族も人です」

「そうだな。だから……俺とレオが戦場から帰る頃には帝都にいてくれ」

「はい。必ず」

フィーネは俺の手を優しく握ってそう答える。

しばし、その温《ぬく》もりとはお別れだ。

フィーネは帝都への帰路につくが、俺は他のSS級冒険者を送ったあとに帝都へ戻る。

フィーネたちを連れていくこともできるが、護衛も含めて全員を連れていくと魔力消費が大きい。

「それじゃあ、気をつけてな」

「はい。アル様も」

俺は手を離して、その場を去るために転移門を用意する。

あえてアル様といったのは、これからアルノルトとしての戦いになるからだ。

フィーネなりの心配なんだろう。

「……ご武運をお祈りしております」

「ああ、そうしてくれ。今回ばかりは……多くの血が流れるだろうからな」

「その血をできるだけ少なくできる方だと……私は信じています」

「無茶《むちゃ》を言ってくれる。まぁ、頑張るよ」

苦笑しながら俺は転移してフィーネと別れたのだった。

9

「それじゃあ行くぞ」

そう言って俺は三人のSS級冒険者たちと転移した。

一人一人、目的地に送っていたら面倒すぎるため、まとめて送ることになった。

まずはリナレスだ。

「ついたぞ」

「あー、いい空気だわ。肌や髪が痛んで大変だったのよね」

「場所が変わった程度で痛むならそれは年だろ」

「ジャック～？　このまま王国まで吹き飛ばされたいのかしら？」

リナレスに対して年は禁句だ。

竜と対峙《たいじ》したときより、よっぽど殺気に満ちた笑顔をジャックに向けている。

さすがのジャックもまずいと思ったのか、リナレスから距離を取る。

「早く転移門を開け！　シルバー！」

「あらあら？　もう行くの？　私とお茶していきましょう？」

「お断りだ！　クソジジイも何とか言え！」

「この酒は美味いのぉ。絶品じゃぞ！　シルバー」

「それは良かった」

ギルド本部に帰ってからも報酬なしで酒が飲めないことに落ち込んでいたエゴールには、俺から超高級な酒をプレゼントしていた。

おかげでジャックを前にしてもご機嫌で、ずっとそれをチビチビと飲んでいる。

駄目だ、こいつは、というブーメランな視線をエゴールに向けたジャックは、威圧感たっぷりに近づくリナレスから逃げ始める。

「はぁ……」

ここで喧嘩が起きても困るため、俺は転移門を開く。

「でかした！」

それを見て、ジャックは水に飛び込むように転移門へ飛び込んだ。

やはり正真正銘の馬鹿か。転移先は川や海じゃないというのに。

「今度会ったら鉄拳制裁ね、ジャックは」

「次に会うのはいつになるかのぉ。わしらが揃《そろ》うほど不吉なこともあるまいて」

「……それもそうね。全員が揃うことがもうないことを願うわ」

「それはそれで寂しいがのぉ」

そう言ってエゴールも転移門へ入る。

その後に続こうとして、リナレスに呼び止められた。

「シルバー」

「何かな？」

「あまり帝国に肩入れするのはよしなさい」

「……今回の帝位争いはあまりにもおかしい。きっと深い闇がある」

「それはあなたがやるべき仕事なのかしら？」

「どうだろうな。だが、もう片足を突っ込んでしまった。今更引き抜くことはできない」

「……そう。ならせいぜい気をつけなさい」

「助言に感謝しよう。それと……今回は助かった。色々とありがとう」

俺が素直に礼を言うとリナレスは苦笑した。

そして俺は転移門に入る。

転移した先はドワーフの里だった。

そこでは。

「わしの家をぐちゃぐちゃにしたあげく酒を飲むんじゃないわい！」

「ケチケチしてんじゃねぇ！」

エゴールとジャックが酒をめぐって喧嘩していた。

その騒ぎを聞きつけ、ソニアが顔を出す。

「あ、お帰り！　用事は終わったの？」

「なんとかかな。エゴール翁《おう》は君に返すとしよう」

「人を物みたいに言うでないわい！　わしが守っておるんじゃぞ！」

「あー！　またお酒飲んでる！　没収!!」

「あ──!?!?」

チビチビと飲んでいた超高級酒をエゴールは奪われ、悲痛な叫びをあげた。

その様子を見て、ジャックが驚愕《きようがく》の表情を浮かべる。

「な、なんて恐ろしい嬢ちゃんだ……」

「一杯！　一杯だけじゃ！」

「駄目！　そう言って全部飲むじゃない！　お爺《じい》ちゃんなんだから体に悪いことは控えないと！」

「お酒は体にいいんじゃぁ～……」

「飲みすぎたら薬も毒になるの！」

そう言ってソニアはお酒を高い棚にしまう。

エゴールも取ろうと思えば取れるんだろうが、それをしたらきついお叱りを受けるんだろう。

「いきなり帰って来るから何にも用意してないんだよね。今、王様呼んでくるから」

「結構だ。すぐに発《た》つ」

「そうなの？　お父さんも今度は会いたいって言ってたんだけど……」

「それは次回にしよう。エゴール翁を頼む」

「うん、任せて」

ソニアはそう言うと笑みを浮かべる。

裏表のない笑顔だ。ここでの生活が幸せなんだろう。

いいことだ。

その笑顔を見れば、自分たちの行動が少しは意味あるように思える。

こういう笑顔をたくさん作り、守る。それがレオの理想だ。

「どうかした？」

「いや、なんでもない。では、失礼する」

そう言って俺は転移門を開く。

ジャックが入り、その後に俺が続く。

ついた場所は酒の街、バイユー。

ではなかった。

「ああん？　どこだ？　ここは？」

「藩国の東部国境付近だな」

「はぁっ⁉」

ついた場所は藩国の東部国境付近の森の中。

ジャックからすればふざけるなといわんばかりの場所だろうな。

「どういうことだ？　てめぇも俺に酒を断たせたいのか？」

「これは報酬だ」

「なにぃ？　これが報酬だってのか⁉　俺はてめぇに捜しモノに付き合えって……」

言いながらジャックがまさかという表情を浮かべる。

それに対して俺は一つ頷《うなず》いた。

「お前の娘かどうかはわからない。しかし、魔弓を使う十代後半の少女を知っている。それも凄腕《すごうで》だ。お前の師匠が育てたというなら納得できる」

「ど、どこだ⁉　どこにいる⁉　いや、なんで藩国にいるんだ⁉　こんな治安の悪い国に！」

「それは知らん。ただ、彼女はこの国で少々、危険なことをしている」

「……言え。俺の娘かもしれない少女は何をしている？」

「義賊だ。名は朱月の騎士《ヴァーミリオン》。名前ぐらいは聞いたことがあるんじゃないか？」

「名前だけはな……義賊？　俺の娘が？」

信じられないといった様子でジャックはつぶやく。

そして近くにあった大きめの岩に座り込む。

「どうした？　探さないのか？」

「……もしもその義賊が娘だとしたら……場所を探るのはまずい……」

「お前なら見つけられるかもしれないが、一度見つかると隠れるのは苦労するからな」

ミアの敵である藩国の貴族たちはまったく正体を摑《つか》めていない。

しかし、ジャックが細かい情報から居場所を摑めば、貴族に気づかれる可能性が出てくる。

とんでもなく小さな可能性かもしれない。

しかし、その小さな可能性であっても、ジャックは娘を危険に晒《さら》したくはないんだろう。

困った奴《やつ》だ。

「朱月の騎士は藩国の貴族や魔奥公団を敵としている。奴らを追えば出会えるかもしれないぞ？」

「……犯罪組織を潰すのは問題にはならないよな？」

「そうだな。しかし、貴族を相手にするのはまずいぞ？　この国には自浄作用はない。貴族の不正を暴いても、睨《にら》まれるだけだ。それがわかっているから義賊という方法を取っているんだろうしな」

「ちっ……遠くからドーンと一発撃ちこんで終われれば楽なんだが……」

「……」

「なんだ？」

「いや、なんでもない」

たぶん、二人には血のつながりがある。

思考とか言動が一緒だ。

そんなジャックに俺は取引を持ち掛けた。

「ジャック。これは取引だ」

「……なんだ？」

「お前の娘かもしれない朱月の騎士。お前は彼女を探し、できれば彼女を助けたい。そうだな？」

「当たり前だ。義賊をやるのはいい。俺の娘が決めたことだからな。だが、危険なのには変わりない。できれば終わらせたい」

「そうだろうな。だが、貴族に手を出すのはまずい。下手すれば藩国から追放されかねんからな」

「ああ、この国ならやりかねん」

「そこで取引だ。上手《うま》くバレないように貴族たちを攻撃しろ。立ち直れないくらい打撃を与え続けてほしい。とにかくこの国の上層部を混乱させてほしい」

俺の言葉にジャックは怪訝《けげん》そうな表情を浮かべる。

しかし、俺はそれを気にせずに続ける。

「そうしてくれるなら俺が帝国の皇族に掛け合おう。この国に逆侵攻をかけ、占領した場合は真っ先に腐敗貴族の処罰に動くように、と」

「……つまり俺に後方かく乱をしろってか？」

「そのとおりだ。帝国は現在、内乱状態だが、実質的には北部と西部から侵攻されているようなものだ。この状況を打開するためには、どちらかを撃退する必要がある。そして皇族の面子《メンツ》にかけて確実にゴードン皇子を討ちにいくだろう。そのとき、厄介なのは連合王国とゴードン皇子陣営を繫《つな》ぐ藩国だ。ここが混乱すると連合王国も身動きがとりづらくなる」

「内乱が終わったとして、帝国が逆侵攻をかけるという保証は？」

「内乱に乗じた敵国を帝国国民は許さん。その怒りの発散場所として、藩国はうってつけだ。なにせ皇太子まで殺しているからな。皇帝も今回は許さんだろう」

「なるほど……」

俺がジャックに求めるのは後方かく乱。

藩国の貴族は腐敗しているが、それゆえに自分たちが一番大事だ。

国のために行動する場面であっても、自分たちの不利益は許容しないだろう。

ジャックが国内で暴れまわれば、そちらに注力するのは目に見えている。そうなれば連合王国とゴードンとの間に壁ができる。

スムーズな兵や兵糧の輸送ができなくなれば、ゴードンの勢力は保てない。

一方、俺がジャックに与えるのはミアの義賊からの解放。

藩国がまともな場所になれば、ミアは義賊をする必要はない。これは多少手間ではあるが、ジャックの協力を得られるなら安いもんだろう。

「……わかった。その取引、乗った」

「やり方は任せる。しかし、正体がバレるようなことはやめろ。追放されて、それで終わりだ。あと正体が万が一バレたとしても、暴れるのはやめろ。そしたら俺が間違いなくお前の討伐に駆り出される」

「注文の多い野郎だ……だが、いいだろう。やってやる」

そう言うとジャックはそのまま藩国のほうへ歩いていく。

それを見送り、俺はふぅと一息つく。

ひとまず後方かく乱の一手は打てたか。あとは国内の戦力で対処するしかないだろうな。

そんなことを思いつつ、俺は帝都へ転移する。

「お帰りなさいませ」

「ああ、ただいま。状況は？」

自分の部屋に転移した俺をセバスがいつも通り出迎える。

まだ一週間も経《た》ってないのに、ずいぶんと離れてたような気がする。

しかし、そんな懐かしい気分はセバスの一言で吹き飛んだ。

「ウィリアム王子が率いる軍勢が、包囲網の一角を占めていた北部諸侯の軍を敗走させました。これによってレオナルト様が築いていた戦線が崩れ去り、北部の戦況は反乱軍優勢となっています」

「やっぱり竜王子は手ごわいな。しゃーない。俺が援軍にいこう」

「かしこまりました。陛下は玉座の間にて緊急会議を開いております」

「好都合だ。行くぞ、ついてこい。次は――戦場で暗躍だ」

そう言って俺は皇族のマントを羽織ると玉座の間に向かったのだった。

エピローグ

Epilogue

帝国北部のとある城。

そこでレオは空に上がる虹色の光を見た。

「皇国で何か起きているみたいだね」

「みたいだな。だが、今のオレたちには関係ない話だ。オレは夜のうちに支城に戻る。時間はないぞ」

レオの軍師であるヴィンは机に地図を広げ、その場に駒を置いていく。

自分たちは城に立て籠もる駒。それを包囲するのは敵の駒。数は敵のほうが多い。

「状況を整理するぞ？　元々やる気のなかった北部諸侯連合が早々に敗走したせいで、オレたち本隊も後退を余儀なくされた。この城に立て籠もることはできたが、いつまでも持ちこたえることはできない。しかし、敵を突破するには戦力が足りない。打てる手はほとんどないぞ」

「うん、ごめん。でも、どうにかしないと」

「謝るくらいなら、オレの忠告を聞いておけ。北部諸侯連合を信用するなと言ったはずだぞ？」

「そうは言っても、僕は北部諸侯に信用しているって示さないといけない立場だからさ。彼らは皇族を嫌っている。いないものとして扱えば、敵が増えるだけだよ」

「かもしれないが、ここでオレたちが負けても敵に靡《なび》くぞ。ここで踏みとどまっているから、まだ敵に加勢していないが、状況が敵有利になれば奴らは敵側につく。後退は下策というわけだ」

「じゃあ上策は？」

「言ったはずだぞ？　打てる手はほとんどないと。城は包囲されつつあり、北部を治める貴族たちは信用ならん。援軍の見込みはほとんどない状況だが……それでも援軍を期待して籠城するしか手はない」

「耐え時ってことだね？」

「オレが一流の軍師なら、こういう状況を奇策でどうにかできるんだが……オレは三流なんでな。当たり前のことしか提案できない。悪いな」

「ヴィンは優秀だよ。自分が思うよりね。今の状況は博打《ばくち》に出るほど悪いわけじゃない。ここは耐えて、逆転の機会を待つ。それが最良の一手だと僕は思う」

レオはそう言って端に置いてある駒を自分たちの駒の傍《そば》に置く。

それは援軍を示す駒だった。

「現実はそんなに甘くない。軍隊はそんなに急には湧いてこない」

「帝国中央にはまだまだ動ける軍があるよ」

「この反乱の中心は軍部だ。信用できない軍は使えん。だから陛下は皇族を大将に置いた。その皇族も数が足りない。期待するのは東部からの援軍だろうな」

「いや、たぶん中央からの援軍が来るよ」

「その根拠はなんだ？」

「兄さんが来る。そんな気がするんだ」

そう言ってレオは笑みを浮かべて、帝国中央に目を向けたのだった。

最強《さいきよう》出《で》涸《が》らし皇子《おうじ》の暗躍帝《あんやくてい》位《い》争《あらそ》い10

無能《むのう》を演《えん》じるSSランク皇子《おうじ》は皇位継承戦《こういけいしようせん》を影《かげ》から支配《しはい》する

著　タンバ

角川スニーカー文庫　23309

2022年10月1日　初版発行

発行者　青柳昌行

発　行　株式会社KADOKAWA
〒102-8177 東京都千代田区富士見2-13-3
電話　0570-002-301（ナビダイヤル）

印刷所　株式会社暁印刷
製本所　本間製本株式会社

Printed in Japan　ISBN 978-4-04-112779-7　C0193

角川文庫発刊に際して

角川源義

第二次世界大戦の敗北は、軍事力の敗北であった以上に、私たちの若い文化力の敗退であった。私たちの文化が戦争に対して如何に無力であり、単なるあだ花に過ぎなかったかを、私たちは身を以て体験し痛感した。西洋近代文化の摂取にとって、明治以後八十年の歳月は決して短かすぎたとは言えない。にもかかわらず、近代文化の伝統を確立し、自由な批判と柔軟な良識に富む文化層として自らを形成することに私たちは失敗して来た。そしてこれは、各層への文化の普及滲透を任務とする出版人の責任でもあった。

一九四五年以来、私たちは再び振出しに戻り、第一歩から踏み出すことを余儀なくされた。これは大きな不幸ではあるが、反面、これまでの混沌・未熟・歪曲の中にあった我が国の文化に秩序と確たる基礎を齎らすためには絶好の機会でもある。角川書店は、このような祖国の文化的危機にあたり、微力をも顧みず再建の礎石たるべき抱負と決意とをもって出発したが、ここに創立以来の念願を果すべく角川文庫を発刊する。これまで刊行されたあらゆる全集叢書文庫類の長所と短所とを検討し、古今東西の不朽の典籍を、良心的編集のもとに、廉価に、そして書架にふさわしい美本として、多くのひとびとに提供しようとする。しかし私たちは徒らに百科全書的な知識のジレッタントを作ることを目的とせず、あくまで祖国の文化に秩序と再建への道を示し、この文庫を角川書店の栄ある事業として、今後永久に継続発展せしめ、学芸と教養との殿堂として大成せんことを期したい。多くの読書子の愛情ある忠言と支持とによって、この希望と抱負とを完遂せしめられんことを願う。

一九四九年五月三日

君の紡ぐ物語で
第29回
スニーカー大賞
作品募集中!
大賞 300万円
+コミカライズ確約
金賞 100万円
銀賞 50万円
特別賞 10万円
世界を変えよう。
締切必達!
前期締切
2023年3月末日
後期締切
2023年9月末日
詳細は
ザスニWEBへ
https://kdq.jp/s-award
イラスト／左